O HOMEM-MULHER

A marca FSC® é a garantia de que a madeira utilizada na fabricação do papel deste livro provém de florestas que foram gerenciadas de maneira ambientalmente correta, socialmente justa e economicamente viável, além de outras fontes de origem controlada.

SÉRGIO SANT'ANNA

# O homem-mulher

*Contos*

Companhia Das Letras

*Grafia atualizada segundo o Acordo Ortográfico da Língua Portuguesa de 1990, que entrou em vigor no Brasil em 2009.*

*Capa*
Retina_78

*Imagem de capa*
*Tangseng e Yaojing*, 2005, de Li Zhan Yang, fibra de vidro, 135 x 135 x 165 cm.

*Preparação*
Lígia Azevedo

*Revisão*
Angela das Neves
Luciana Baraldi

*Os personagens e as situações desta obra são reais apenas no universo da ficção; não se referem a pessoas e fatos concretos, e não emitem opinião sobre eles.*

Dados Internacionais de Catalogação na Publicação (CIP)
(Câmara Brasileira do Livro, SP, Brasil)

Sant'Anna, Sérgio
O homem-mulher : contos / Sérgio Sant'Anna. — 1ª ed. —
São Paulo : Companhia das Letras, 2014.

ISBN 978-85-359-2475-6

1. Contos brasileiros I. Título.

14-06388 CDD-869.93

Índice para catálogo sistemático:
1. Contos : Literatura brasileira 869.93

[2014]

EDITORA SCHWARCZ S.A.
Rua Bandeira Paulista 702 cj. 32
04532-002 — São Paulo — SP
Telefone (11) 3707-3500
Fax (11) 3707-3501
www.companhiadasletras.com.br
www.blogdacompanhia.com.br

# Sumário

1. O homem-mulher, 7
2. Lencinhos, 12
3. Um retrato, 48
4. Madonna, 55
5. O conto maldito e o conto benfazejo, 57
6. O rigor formal, 59
7. As antenas da raça, 76
8. Melancolia, 91
9. Tubarões, 94
10. Eles dois, 96
11. Este quadro, 106
12. História de amor, 110
13. Clandestinos, 112
14. Prosa, 116
15. O corpo, 118
16. O torcedor e a bailarina, 124
17. Amor a Buda, 128
18. Heavy metal, 136
19. O homem-mulher II, 139

# 1. O homem-mulher

O nome dele era Adamastor Magalhães, mas ele preferia ser chamado de Fred Wilson, que era o nome que usava no grupo amador de teatro em que era ator, em Belém do Pará, cidade onde nascera e vivia. Para simplificar, as pessoas passaram a chamá-lo de Fred. Pode-se dizer que tudo começou quando ele fez o papel de Claire, em *As criadas*, de Jean Genet, em que, naturalmente, usava uma roupa feminina. E foi com o figurino de Claire que, num Carnaval, saiu num bloco de sujos. Mas é de supor que, morando numa família com mais duas irmãs, tenha experimentado vestidos escondido.

E também é provável que, estando na adolescência, tenha sentido um verdadeiro frisson com o ventinho nas pernas e uma calcinha envolvendo seu pau, quando experimentou uma roupa da irmã pela primeira vez. Ele sentiu esse corpo feminino em si ou contra o seu. Teve de ajudar-se com a mão para gozar, mas a marca era indelével: homem e mulher num corpo só, que sente prazer.

Talvez, se Adamastor tivesse o pai vivo, levasse uma tremenda bronca ou até uma surra ao ser flagrado usando um vestido. Mas não tinha mais esse pai e talvez o caso de Fred não se deva explicar pela psicologia: é a sua história, um modo de ser.

Depois, havia esse lance mais livre dos blocos de Carnaval, e isso era mais do que comum em todas as cidades brasileiras, homens vestidos de mulher, caricaturalmente ou não, em grupos, blocos ou até sozinhos, e não havia quem os chamasse de veados por causa disso. Divertiam-se para valer, Adamastor e seus amigos.

Mas uma experiência verdadeiramente significativa se deu numa segunda-feira de Carnaval em que Adamastor, de vestido, agora da irmã, pois suara no figurino, e uma garota fantasiada de odalisca, se enrabicharam, entrando num bloco de mãos dadas, relando aqui e ali e trocando beijos furtivos, procurando não ser vistos pelos pais da garota, de dezesseis anos (ele tinha vinte e cinco), que eram turistas de Goiânia, gente severa, tanto é que às dez horas levaram a mocinha para casa.

Na terça-feira gorda, última noite dela na cidade, Adamastor voltou a sair de Claire, pois a roupa fora lavada e passada, comprou de um amigo um quarto de um frasco de lança-perfume e ele e a menina resolveram escapulir de toda a vigilância. Às oito horas foram seguindo um bloco, comportadinhos, até que passaram por uma rua mal iluminada, transversal à avenida em que o bloco desfilava, e que ia dar no cemitério menor da cidade. Aí, começaram a correr para conseguir chegar a um lugar ermo e poder cheirar o éter em paz. Mas, ao passar em frente ao cemitério, viram que havia um portão entreaberto e Adamastor puxou pela mão a garota, Dalva, e logo já estavam lá dentro, junto ao muro que cercava os túmulos, a capela e o resto todo.

Medo só um pouquinho, de encontrar alguém que tivera a mesma ideia ou gente de algum velório. Mas não encontraram ninguém, nem o vigia, que devia estar misturado aos foliões, mesmo que fosse só para assistir. Porém, mais do que depressa se esconderam à entrada de um túmulo grande, desses de família rica. Ofegavam e a garota, safadinha, pegou a mão direita dele e a encostou no seio esquerdo dela. "Olha como meu coração está batendo." Adamastor aproveitou a deixa e abriu dois botões da blusa da fantasia dela, afastou o sutiã e lançou ali um jato de éter. Ela se contraiu toda e disse "Que geladinho", mas ele já estava aspirando entre os seios de Dalva e depois chupou um dos mamilos dela. Com o éter, Adamastor sentiu um zunido nos ouvidos e o mundo era aquela alucinação cheia de túmulos, estátuas e cruzes, tudo muito nítido e com sombras, porque era noite de lua cheia, e aquela garota vivinha da silva.

"Agora é sua vez", ele disse e levantou sua saia de Claire. Com a mão esquerda, encharcou a calcinha de lança-perfume. Puxando a cabeça da menina para baixo, fez com que ela se ajoelhasse aos seus pés e disse:

"Cheira minha calcinha o mais forte que conseguir."

Dalva ficou doida demais, o mundo rodopiava e ela vendo a lua, os túmulos e os vaga-lumes e ouvindo o barulho dos grilos, ao mesmo tempo que tinha certo medo de estar perto dos mortos. Mas nem teve tempo direito de sentir esse medo, pois Adamastor baixou a calcinha que estava usando, enfiou o pau muito duro na boca da garota e falou "Chupa maciozinho", e a menina fez direitinho, por pura intuição, porque era a primeira vez e, ainda doidona, excitadíssima com um pau aparecendo sob um vestido e uma calcinha, engoliu a porra e gostou, porque vinha dele e era assim um pecado imenso no cemitério.

Não restava muito do lança e Adamastor olhou ao redor e puxou Dalva pelo braço até um túmulo branquinho e cheio de flores, com uma estátua que parecia vestida com roupa de santa, mártir, muito bonita. Dalva acomodou-se na estátua, que era inclinada, e ele levantou a saia dela, que já estava sem calcinha, e depois tirou a sua e foi lambendo a xoxota da menina, depois cheirou éter na barriga de Dalva, para não arder na boceta, e Dalva continuava doidaça, apesar de o efeito do lança-perfume já ter quase passado, mas ser lambida na boceta era melhor ainda, e ele, Adamastor, o danadinho, quando chegou ao clitóris de Dalva, só roçava com a ponta da língua, como as putas lhe haviam ensinado.

Adamastor jogou lança de novo nas duas calcinhas fora dos corpos, mantendo a dele no rosto de Dalva, e tinha o controle de tudo e, tendo cheirado mais na calcinha dela, levantou o vestido da garota e entrou com tudo nela, que gritou de dor, abafada pela calcinha que ele pressionava contra seu rosto. Enquanto isso, lá embaixo, saía o sangue de virgem. Ela não chegou a gozar, por causa da dor, mas estava preenchida e exaltada. E ele, apesar de já ter gozado uma vez, gozou outra, e depois caiu para o lado, juntinho de Dalva sobre a santa, as respirações voltando ao normal. Em silêncio, eles ouviam o barulho dos grilos e do piar de corujas e viam os vaga-lumes e até as estrelas, e ouviam a banda tocando músicas de Carnaval, lá para os lados da praça: *Quanto riso, oh, quanta alegria, mais de mil palhaços no salão, Arlequim está chorando pelo amor da Colombina, no meio da multidão...*

Adamastor tentou esguichar mais um pouco de éter na barriga de Dalva, para depois cheirar ali, quando viu que o frasco de lança-perfume estava completamente vazio.

"É melhor a gente ir", disse Dalva, recompondo-se. "Meus pais devem estar me procurando; eu vou na frente, você vai depois."

"Espera aí, vem cá só um minutinho."

Adamastor a puxou pelo braço, também já se recompondo com o vestido de Claire. Iam limpando as roupas como podiam e chegaram, conduzidos por ele, até um canto do cemitério, onde havia um pequeno trecho de terra solta e duas pás, com toda certeza para cavar uma nova sepultura.

“Essa aí está aguardando um novo morador.” Ele fez Dalva rir.

Como as calcinhas estavam com sangue, eles não as vestiram e Adamastor, com uma das pás, abriu facilmente um buraco, jogou a sua lá dentro e falou para Dalva imitá-lo, o que ela fez sem hesitação.

Adamastor então jogou o frasco dourado de lança-perfume, que brilhou à luz da lua. Ele abençoou com a mão direita aquele conjunto, pegou a pá e jogou terra por cima, depois fez o sinal da cruz.

Dalva, rindo, segurou o braço dele e disse:

“Eu te amo, Fred.”

“Eu também te amo, Dalva.”

Adamastor beijou fundo e longamente a boca de Dalva e foi correspondido com ardor.

“Mas eu te amo é para sempre”, disse Dalva.

“Eu também, queridinha.”

Primeiro saiu ela, depois saiu ele. E nunca mais se viram.

# 2. Lencinhos

Ao completar cinquenta anos, senti-me mais à vontade dentro do meu nome um tanto antigo, circunspecto: Teóphilo. Com ele, meu pai quisera homenagear seu avô, um desembargador. Disse-me minha mãe que ele quis ainda passar-me o modelo de um vencedor, só que eu, apesar de formado em direito, contentei-me com um emprego na Justiça do Trabalho, onde não cheguei a subir, pois jamais tolerei a burocracia e a linguagem jurídicas e em meu rosto estava estampada a desambição. E, assim que atingi o tempo de serviço requerido para a aposentadoria proporcional, aposentei-me aos cinquenta e três anos.

Para uma criança, o nome Teóphilo não tem nada a ver; ele cai mesmo como uma luva é num jurista ou político conservador, mas desde que nasci havia um diminutivo prontinho e carinhoso à minha espera: Téo. Porém, nas chamadas nas aulas do colégio, eu não podia escapar do peso e da estranheza do meu nome, para mim mesmo e para os outros meninos, sempre prontos a gozar um colega. E eu ansiava pela volta para casa, onde me aguardavam os carinhos de minha mãe e o diminutivo em que eu me sentia confortável e mais eu mesmo. Até meu pai, o culpado de tudo, terminou por chamar-me de Téo, o que acabou acontecendo também no colégio, à medida que fui me tornando um veterano.

E o fato de eu, ao completar cinquenta anos, reconciliar-me com Teóphilo, não me tornava menos gauche e singular na vida, pois, em meu íntimo, sentia aquela falta dos que não amadureceram. Tanto é que, depois de um primeiro casamento desfeito, quando eu tinha trinta e três anos, com o legado de uma filha, não voltei a casar-me.

Tudo isso, porém, não passa de um preâmbulo àquele final de ano de 2008, quando eu acabara de completar cinquenta e cinco anos. Com a proximidade do Natal e do Ano-Novo, a cidade vivia um clima de excitação e expectativa, embora, pessoalmente, eu seja daqueles que se angustiam em épocas de festas.

Entrando nos acontecimentos propriamente ditos, eu voltava do consultório da dra. Lisete, com a boca parcialmente anestesiada, o que me deixava bastante aborrecido. Já não bastasse o calor, depois de ter saído de um consultório refrigerado, eu lamentava não poder comer um pastel, acompanhado de um caldo de cana. Eram quase seis e meia da tarde, no horário de verão, e pensei que em vez de jantar, nas condições em que estava, o melhor seria tomar apenas uma sopa. Mas eu temia derramá-la com minha boca provisoriamente torta. E onde achar uma boa sopa naquelas imediações?

Então minha história verdadeiramente se inicia no largo do Machado, eu indo a pé do consultório no Catete rumo ao meu velho edifício na rua Senador Vergueiro. Ia com uma sensação de abandono, como se a dra. Lisete devesse tomar conta de mim após o tratamento, quando seu corpo estivera tão próximo do meu. E ela se despediu tratando-me de querido, com sua voz meiga, o que dispensava o Teóphilo. Já Conceição, sua assistente, provavelmente crente, não dispensava o "Fica com Deus".

Mas ainda era cedo para jantar, uma sopa ou não, e eu pensava se devia aproveitar o comércio aberto para escolher presentes de Natal para minha filha, minha mãe e minha ex-mulher, mas logo desisti, para não ter de falar com os vendedores e vendedoras com a boca torta. E também, olhando para o céu, percebi as nuvens negras que pairavam sobre a cidade. Foi quando um vulto aproximou-se muito silenciosamente das minhas costas, e uma voz feminina, muito suave, sussurrou-me:

"Não quer ver uns lencinhos, senhor?"

Normalmente, eu teria dado uma resposta seca ou apenas me afastado depressa, naquela área cheia de camelôs, pivetes, quando não ladrões, mas eu tinha de ver direito a quem pertencia aquela voz. E não me decepcionei, pois me vi diante de uma mulher que parecia ter uma distinção inata, certa elegância, apesar de suas roupas simples, que nem novas eram. Usava uma saia xadrez e uma blusa branca, feitas de tecidos apropriados ao verão, e calçava sandálias prateadas, com pequenos saltos. Não deixei de notar, também, que ela usava uma aliança dourada no anelar esquerdo. No ombro trazia uma sacola, com uma imagem estilizada de montanhas do Rio de Janeiro.

Tive um primeiro impulso de responder negativamente, como sempre faço com vendedores ambulantes, e agora tinha um motivo a mais para recusar: minha dificuldade com a fala. Mas também tinha um bom motivo para aceitar, que era minha simpatia, para não dizer atração, por aquela mulher que devia ter seus trinta e cinco anos. Não encontrei nada melhor a fazer do que apontar para a parte direita da minha boca, paralisada pela anestesia. E fiz o gesto de uma injeção sendo aplicada.

"Ah, o senhor está com a boca magoada", ela disse de um modo encantador. "Os lencinhos podem distraí-lo. Mas não quero insistir."

Fiz um sinal com a mão querendo dizer que ela não era insistente e falei, estranhando minha própria voz, que me pareceu ridícula com a boca torta:

"Não, eu quero vê-los."

"Ah, que bom", ela disse. "Mas, por favor, vamos ao café ali dentro da galeria e nos sentemos, pois não é fácil mostrar os lencinhos na rua e sempre tenho receio dos fiscais da prefeitura."

No café, ela sugeriu que eu pedisse um coco gelado, pois com um canudinho ficaria fácil eu tomá-lo.

"Vou pedir um também", ela disse.

Depois de pedir dois cocos ao garçom, que chamou pelo nome, Olímpio, ela tirou um primeiro pacotinho da sacola, embrulhado com papel grená, desembrulhou-o, pegou uma caixinha azul lá de dentro e passou-a para mim.

Eram três lenços dentro da caixa, que em si mesma era um mimo. Peguei um primeiro lenço e nele havia uma moça à janela de uma casa, olhando, pensativa, a rua, onde havia um desses postes antigos, com a lâmpada acesa. No segundo lenço, a moça e a casa estavam mais afastadas e entrava em cena um jovem com um violão nas mãos. E, no terceiro, ao redor do violão e do moço, que estava tocando, próximo à janela e também à luz, pairavam insetos que, reparando bem, eram notas musicais iluminadas pelo lampião.

Tudo era de uma singeleza incomum e não resisti à tentação de perguntar, com a boca torta e tudo, com a forma de tratamento correspondente à aliança:

"Foi a senhora mesma quem bordou?"

"Ah, sim!", ela falou com orgulho. "Primeiro faço os desenhos e depois bordo por cima deles."

"É muito bonito", falei. "Posso saber seu nome?"

A essa altura minha voz já me incomodava menos. Os cocos haviam chegado, com canudinhos, e foi uma sensação deliciosa a água gelada em minha boca.

"Manoela", ela disse. "Está vendo os emes pequeninos bordados nos lencinhos?"

"Estou."

"É minha assinatura. Costumo vender aqui nas redondezas, mas há pessoas que me procuram em casa."

Ela pôs os lencinhos dentro da caixa, guardou-a e tirou outra. "E o seu nome, qual é?"

"Teóphilo", confessei. "Com pê agá. Mas não me trate de senhor. E os amigos mais queridos me chamam de Téo."

Da outra caixa, de cor verde, ela tirou mais três lencinhos, com figuras bordadas que formavam uma sequência. No primeiro, uma linda jovem, de camisola, dormia numa cama, num quarto decorado modernamente. No segundo, um jovem magro e elegante debruçava-se sobre a moça e a beijava na testa. No terceiro, a moça havia despertado e repousava seu rosto no peito do rapaz.

"Mas é uma versão da...", falei, ainda com certa dificuldade.

Manoela riu, encabulada, como se apanhada numa travessura.

"Sim, da Bela Adormecida."

Minha boca melhorava, mas doía a gengiva. Tirei um analgésico do bolso e tomei-o com o restante da água de coco.

"Mas é muito lindo", eu disse. "Quanto custa o conjunto?"

"Duzentos e cinquenta reais", Manoela disse. "Você pode achar caro Téo, mas são trabalhos de artesanato. Não estou me queixando, pois gosto de fazê-los, mas dão um trabalhão."

"Imagino", eu disse. "Gostaria de ficar com a Bela Adormecida, talvez para dar para minha filha, que é muito sonhadora e romântica."

"Qual é a idade dela?"

"Vinte e três. Mas não acho que esses lenços sejam para assoar o nariz. Na verdade me parece que são para nada, não? Só para se ter."

"Sim, para nada, a não ser carregar na bolsa ou deixar sobre uma penteadeira."

"As pessoas podem fazer deles o que quiserem, não? Ou não fazer nada. Legal isso. Mas não tenho essa quantia aqui nem talão de cheques. Só cartão. Mas posso passar no meu banco logo ali adiante, na praça José de Alencar. Você vai comigo até lá ou espera aqui?"

"Posso ir. Mas não se sinta obrigado a comprar os lencinhos."

"Não, eu não me sinto. Gostei demais deles."

"Então pode ficar com os seus desde já. Mas se mudar de gosto não tem problema, eu troco." E me passou o embrulhinho verde, que pus num bolso da calça.

Ao sairmos do café, já caía uma chuva relativamente forte. Felizmente Manoela trazia um guarda-chuva na sacola, com certeza lembrara-se disso para proteger sua mercadoria. Como eu era bem mais alto do que ela, tomei-lhe o guarda-chuva das mãos para protegê-la, e isso fazia com que o lado esquerdo do meu corpo molhasse bastante. Mas não tinha importância, porque Manoela me dera o braço e eu me sentia orgulhoso com isso: andar na rua de braços dados com aquela mulher.

Dentro da agência bancária, já fora do horário de expediente, naquele recinto para os caixas eletrônicos, Manoela afastou-se discretamente, enquanto eu retirava trezentos e vinte reais, setenta para eventuais despesas minhas em espécie. Achei melhor passar os duzentos e cinquenta reais para Manoela ali mesmo, como me parecia natural. Afinal, estávamos num banco.

Quando saímos para a rua, ela disse: "Estou com medo do seu embrulhinho molhar".

"Não se preocupe. Ele está bem no fundo do meu bolso."

"Mas está chovendo bastante. Quer que eu chame um táxi para você?"

"Eu moro aqui pertinho."

"Onde?"

"Na Senador Vergueiro".

"Poxa, é perto mesmo. Eu te levo até lá de guarda-chuva. Minha sacola é impermeável. E eu moro na Marquês de Abrantes."

Foi um prazer renovado andar com Manoela de braço dado até meu edifício.

"E se sua mulher ou namorada nos vir assim na rua de braço dado?", ela disse. "O que vai pensar?"

"Eu sou divorciado e estou sozinho."

"Ah, bom", ela disse. "Tenho um marido que nem ciumento é. Está com câncer, o coitadinho, e ganha uma aposentadoria miserável. Antes era economista. Eu gosto de fazer os lencinhos, mas é também para ajudar nas despesas. E a gente vai vivendo."

Logo já estávamos no meu edifício, o Dom Augusto.

"É aqui", eu disse.

"Simpático", ela falou, embora não fosse nada simpático, ou *nada* apenas. Era um desses edifícios antigos, com um monte de apartamentos, elevador rangente e tudo.

"Então até a próxima", falei. "Mas, se eu quiser comprar mais lencinhos, como é que faço?"

"Estou sempre lá pelo largo, mas deixa eu te dar meu cartão."

Ela me passou um cartão com o nome Manoela Martins, o endereço na Marquês de Abrantes, o e-mail e os números de telefone fixo e celular.

Como nunca me ocorrera mandar fazer cartões, pedi mais um dos dela, escrevi meus dados e passei-o para Manoela. Na hora da despedida, trocamos beijos — ela teve o cuidado de só beijar minha face esquerda — e entrei no meu edifício a tempo de ver Manoela indo embora, encolhidinha debaixo do guarda-chuva, cuidando que sua sacola, embora impermeável, ficasse protegida. Senti ternura por aquela mulher tão peculiar, fabricante e vendedora de lencinhos.

* * *

Naquela noite, em casa, pensei em Manoela e não resisti à tentação de abrir o pacotinho e examinar minuciosamente os três lencinhos. Eram mesmo peças muito delicadas e pensei em presentear logo Mariana, minha filha, embora ainda faltassem oito dias para o Natal. Peguei então o telefone e liguei para o celular dela, porque assim eu a encontraria em casa ou na rua. Mariana era dessas pessoas que gostam de sair à noite e, pelo burburinho que captei no celular, ela devia estar com amigos em algum bar. Marcamos a uma da tarde do dia seguinte num restaurante italiano do Leblon, bairro em que Mariana morava e trabalhava, como consultora numa loja de artigos finos de decoração.

Eu tinha uma relação muito especial com minha filha, como se ela fosse a mais madura dos dois e minha protetora. Quando ela chegou ao restaurante, eu já a esperava. Trocamos um abraço apertado e nos beijamos no rosto.

"Você está muito bonita, Mariana."

"Você também está charmoso, pai. A vida está te tratando direito?"

"Assim, assim. Mas ontem não jantei porque estava com a boca anestesiada pela dentista. Estou morrendo de fome e acho que vou pedir uma lasanha, que é macia."

"Coitadinho", ela debicou e passou a mão nos meus cabelos. "Eu estava com saudades de você, pai."

"E eu de você, filha. Continua com uma porção de namorados?"

"Eu saio com meus amigos, pai. Não seja tão antigo. E você, continua sozinho?"

"Continuo, mas o que fazer?"

"Ah, pai." Ela segurou minha mão. "Queria que você arrumasse uma mulher bem bacana, que o fizesse feliz."

Neste momento o garçom começou a servir os pratos — minha filha tinha pedido só uma salada —, interrompendo nossa conversa. Quando ele se afastou, continuei:

"Até que conheci uma mulher bem legal ontem, mas ela é casada."

"E isso é um empecilho?" Mariana deu um sorrisinho cínico.

"O marido dela está com câncer e ela cuida dele. Assim é meio difícil, eu me sentiria culpado. Aliás, não sei por que estou falando disso. Só comprei uns lencinhos dela."

"Comprou o quê?"

Aí tirei o pacotinho verde do bolso e passei-o para Mariana.

"Uns lencinhos, ela borda lencinhos. Toma, é teu presente de Natal. Abra-o depois de comer."

"Não senhor, vou abrir agora."

Mariana pousou os talheres no prato, desfez o laço e abriu a caixinha. Aí foram "ohs!" e "ahs!". "Mas é a..."

"Sim, a Bela Adormecida."

"Mas que lindo, que capricho. Reparou na camisolinha azul dela, com um lacinho no pescoço?"

Eu não tinha reparado, mas falei:

"Pois é, o lacinho. E o príncipe, que tal? Calça jeans, cabelos longos e camisa de manga comprida, folgada nas mangas. Parece mesmo de príncipe."

"Mas, meu Deus, essa sua namorada é uma artista."

"Mas que namorada, enlouqueceu?" Dito isso, Mariana levantou-se, deu a volta por trás da minha cadeira e abraçou meu pescoço, dando-me beijos. As pessoas todas no restaurante nos observavam.

"Obrigada, pai, é lindo."

"Que bom que você achou. Mas agora senta que está todo mundo olhando."

Quando ela se sentou, perguntei, para mudar de assunto:

"E sua mãe, como é que vai?"

"Continua casada com aquele Alfredo e me parece bem. Ao contrário de você, mamãe nasceu para o casamento." E assim foi, falamos de diversos assuntos, a vida de um e de outro, de Alda, minha ex-mulher, livros, filmes etc. Até que chegou a hora de Mariana voltar para a loja.

Depois de despedir-me de Mariana, resolvi dar uma pequena caminhada, descendo a rua General Urquiza até a praia do Leblon. Chegando lá, sentei-me num daqueles bancos de calçada, para contemplar a praia, o oceano. A tarde era agradável e muito azul, mas isso não impedia que eu me sentisse levemente melancólico, talvez porque visse os jovens praticando esportes e pegando ondas, enquanto eu estava ali solitário nos meus cinquenta e cinco anos.

Curiosamente, ou não, sentia-me melancólico também pelo bater das ondas, a espuma, o ruído da água lambendo a areia. Pensei que isso era assim desde tempos imemoriais, pelo menos muito antes de o homem branco chegar aqui, e pensei também nos peixes, nos crustáceos, nas estrelas-do-mar, nos cavalos-marinhos gozando da sua vida independente, mas uns devorando os outros. E que tudo continuaria assim depois de eu morrer.

Filosofava, então, sempre com uma leve melancolia, quando se deu um dos acontecimentos mais surpreendentes de minha vida. De repente, saltou do mar aquele ser imenso e magnífico, uma baleia. Meu coração disparou e aquilo que antes era um sentimento melancólico virou euforia. Euforia minha e de todos os que presenciaram a cena, na praia, na calçada, nos edifícios, dentro dos carros. Houve um alarido vindo de todos os lados e ninguém era mais desconhecido de ninguém, pois todos comentavam a cena entre si. Vi-me eu próprio conversando com os outros sobre o acontecimento, como se fosse um profundo conhecedor de baleias. "Ela vem em busca de águas mais quentes", eu disse. Uma moça: "Vem com as correntes dos mares do sul". Uma senhora: "Deve ser uma fêmea e vem para ter cria aqui". Um senhor: "Houve um tempo em que o litoral daqui era cheio de baleias".

Pensei para mim mesmo que naquele corpo gigantesco habitava um ser, com alguma espécie de subjetividade e o prazer apenas de estar vivo. Nunca havia pensado muito nisso, mas, subitamente, vi-me como um defensor radical das baleias contra os caçadores.

Peguei meu celular e liguei para Mariana: "Filha, corra que tem uma baleia aqui em frente à General Urquiza".

"Que lindo, pai, mas agora não posso, estou com uma freguesa aqui."

"Não senhora, Mariana, livre-se da freguesa e até do emprego, mas venha ver a baleia comigo."

Daí a uns quinze minutos, ela estava lá. E, durante uns vinte minutos, antes que ela tivesse de ir mesmo, nós éramos um pai e uma filha contemplando uma baleia no mar do Leblon. Era por causa dessas coisas que a vida valia a pena.

Manoela outra vez, na rua, por acaso. E ela mal continha a excitação:

"Imagina que meu marido quer te conhecer."

"Você falou de mim para ele?"

"Ora, como não? O João sempre quer saber das coisas que se passam comigo na rua, já que pouco sai de casa."

"Ele não fica deprimido com a sua situação?"

"Olha, até que nem tanto. Pois o dr. Leocádio sempre lhe arranja morfina e lhe aplica de graça em casa, e isso deixa o João de bom humor. Mas que tal na sexta-feira, você topa jantar lá com a gente?"

"Aceito com prazer", eu disse, embora, para falar a verdade, me causasse certo constrangimento conhecer um homem desenganado, que eu imaginava de pijama num sofá.

"Você fica mais ou menos umas duas horas, para o João não se cansar."

Na sexta tive uma grande surpresa. O João estava magro como um canceroso, mas, sentado numa poltrona, ladeado por duas almofadas, vestia uma calça jeans, camisa listrada e um blazer leve, muito bem passado. O blazer, no verão, com certeza era pelo ar condicionado. Fiquei pensando se João não seria enterrado com essa roupa, que lhe caía muito bem. Aliás, toda a sua pessoa ostentava limpeza e bons tratos. À sua frente havia um litro de Black Label, um balde com gelo e um copo com uísque e gelo. E outro copo, creio que à minha espera, pois Manoela estava tomando vinho.

"Manoela falou muito bem de você", ele disse. "Quer tomar um uísque comigo?"

Era uma ótima ideia e eu disse que aceitava.

O apartamento era bem pequeno, mas arrumado com esmero e bom gosto, o que não era uma surpresa, tratando-se do lar de uma mulher que bordava lencinhos. Aliás, nas paredes, vi duas pinturas que me pareciam matrizes. Uma delas era abstracionista geométrica, com cores combinando à perfeição, e a outra, figurativa, para não dizer canibalista, mostrava uma lagartixa espreitando uma aranhazinha mata-moscas que, por sua vez, espreitava uma mosca. Falando assim, não parece nada, mas os traços desta última eram de uma desenhista de fino humor. Quanto ao abstracionismo geométrico, poderia perfeitamente transformar-se num quadro de arte.

Manoela mostrou à distância os cômodos da casa: "Ali é o meu ateliê e ali é o nosso quarto, mas não vou mostrar nada, porque principalmente o ateliê quebra o mistério dos trabalhos e se eu mostrá-los em andamento, acabo não fazendo".

Conversamos um pouco, essas conversas de início de visita, falamos das virtudes e dos defeitos do nosso bairro, entre aquelas as facilidades de transporte e entre estes o excesso populacional e de tráfego. E João explicou que saía pouco, às vezes para ir ao cinema com Manoela, ali perto mesmo. Não me espantei que ele tomasse bastante uísque, afinal não tinha nada a perder. E depois pediu licença para fumar, apesar de o câncer dele ter começado no pulmão. Acabei aceitando um cigarro, mas não traguei.

Falamos de livros, de filmes, de política, cautelosamente, já que eu não sabia o que eles pensavam e vice-versa. Mas eu estava doido era para entrar no assunto da *baleia* e contei-lhes tudo.

"O que você sentiu?", perguntou João.

"Ah, é indescritível. Fiquei tão excitado que tirei minha filha do trabalho para ver comigo a baleia."

"Daria tudo para estar lá com vocês", disse Manoela. "Acho até que faria um lencinho com a baleia. Vou procurar uma foto dela nos jornais."

Passado um pouco desta conversa, Manoela disse que o suflê já devia estar no ponto. Pediu-me que sentasse a uma das cabeceiras da mesa, deu o braço para João para que ele se sentasse à outra, enquanto ela própria foi à cozinha pegar a travessa no forno.

Era um suflê de camarão, estava delicioso e foi acompanhado por um vinho branco chileno.

O que eu não esperava era que João me lançasse de chofre aquela pergunta, inclusive porque até aquele momento não se mencionara enfermidade nenhuma.

"Você acredita em vida depois da morte?"

Minha resposta até que foi fácil, por ser verdadeira. Acho meio cabotina a palavra *agnóstico*, então resolvi responder com palavras corriqueiras:

"Não tenho a menor ideia, mas possível eu até acho. Se tem esta vida aqui, por que não pode ter outra depois? E a baleia me deixou muito pensativo. Se existem baleias, tudo é possível."

Na verdade, eu achava que não havia vida para uma pessoa depois da morte, mas talvez não fosse o caso de dizer isso para um doente grave. A próxima frase de João mostrou que esse cuidado não era necessário:

"Sou completamente ateu", ele disse. "Mas Manoela acredita em Deus."

"Você é católica?", perguntei.

"Não propriamente. Acredito num Deus que não se sabe como é."

"Bom, assim até eu posso aceitar, um puro espírito ao qual nos integraremos", eu disse.

João ironizou:

"Para Manoela eu morro aqui e saio do lado de lá, bonzinho. Mas, como eu quero ser cremado, não sei como vai ser. As cinzas vão se reunir todas e formar um corpo outra vez? E meu corpo com que idade? Agora já estou com quase sessenta anos e me preferia com trinta. E como deve ser um puro espírito?"

"Não se faça de bobo, João. Do jeito que eu penso, pode ser

até que todo mundo se junte num espírito só, que é o espírito de Deus."

"É uma ideia atraente, sem dúvida, querida." Ele segurou a mão dela. "Pena que não é verdadeira. Bom, mas pior ainda é crer num Inferno. Já pensaram, sofrer por toda a eternidade? Ninguém merece, nem Hitler. Já o nada não tem a menor importância. Aliás, quando cada um morrer, será como se nunca houvesse existido."

"Vou contar uma coisa para vocês", eu disse. "Às vezes imagino que renasço numa vida futura e encontro meu pai já falecido e outros amigos mortos e todos nos regozijamos, e é como se não houvesse passado tempo nenhum desta vida para a outra."

"Me digam uma coisa", disse João. "Já pensaram em quantos zilhões de pessoas já existiram pelos tempos afora? Iam juntar todo mundo num mesmo lugar? E os bichos enormes, pré-históricos?"

"Você está parecendo criança, querido", disse Manoela. "Se há trilhões de astros e galáxias, mesmo que cada indivíduo tivesse um planeta inteiro para si, ainda ia sobrar espaço. E eu falei em espírito, que é imaterial, não se faça de desentendido."

E assim foi a conversa, que depois foi morrendo. Houve um momento em que julguei notar um pequeno ricto de dor na face de João e falei:

"Gente, foram muito bons o jantar e a conversa, mas para mim está na hora."

Ainda houve aquela insistência de mentirinha dos dois ("Ainda é cedo" etc.), mas eu sabia que era hora, até para ele tomar sua morfina em paz. Tinha sido um jantar prazeroso e, por mais incrível que fosse, João com seu câncer e tudo, senti inveja dele pela mulher que tinha.

Foi preciso que uma obturação no meu canino esquerdo inferior soltasse uma lasca para que eu ligasse para a dra. Lisete, às sete e meia da noite de outro dia. Não que o dente estivesse doendo, mas me incomodava roçar a língua naquela superfície áspera e irregular. Não tinha muita esperança de que ainda estivesse no consultório, mas ela atendeu ao telefone pessoalmente. Disse que me aguardaria, já que eu morava perto.

Chegando lá, vi que Conceição, a ajudante, não estava à vista e, portanto, já devia ter ido embora. Pedi desculpas à dra. Lisete por incomodá-la tão tarde e ela falou que não havia problema, porque não tinha nenhum compromisso àquela hora. Mas o fato é que estava com o rosto recém-pintado, sinal de que, se não fosse por mim, já teria ido embora, o que se confirmava pelas sandálias de salto alto que usava, inadequadas para quem trabalhava de pé pelo menos uma parte do tempo. Já o vestido não era visível, por causa do jaleco verde, que devia ter posto de novo por minha causa.

Depois de colocar-me o guardanapo e examinar meu dente com o espelhinho, a dra. Lisete falou que eu relaxasse, pois não ia demorar. Não seria preciso nem anestesia, pois não ia retirar a obturação, só aplainá-la e talvez colocar mais uma camadinha de cimento por cima.

A seguir, ela baixou a cadeira de dentista, mandou que eu abrisse a boca e veio com o motor. Aquilo demorou pouco tempo, mas o suficiente para que encostasse da barriga até o púbis no meu braço, num contato bem mais estreito que de outras vezes, talvez pela posição do dente. Ou seria a liberdade pela ausência da auxiliar? Mantive meu braço direito imóvel, pois não queria que pensasse que eu me aproveitava da situação. O braço esquerdo, deixei cair sobre minhas coxas, para disfarçar o volume que havia se formado entre elas. Logo a doutora suspendeu o motor, lançou um jato d'água sobre meu dente e depois usou nele o secador. A aliança de noivado dela, no anelar direito, ficava bem visível, o que me dava ideias. De Lisete trepando com o noivo.

A seguir, ela virou-se para um móvel desses que os dentistas usam, abriu uma gaveta e tirou lá de dentro dois vidrinhos. Com duas espátulas, misturou o conteúdo de um com o do outro e mandou que eu abrisse de novo a boca.

Com uma das espátulas, ela foi aplicando sobre o dente preparado um pouco da mistura, que era igual à massa ou cimento branco. Era um trabalho meticuloso, de artesão, e a doutora explicou que, na boca, qualquer aresta na superfície de um dente fazia a gente sentir como se fosse uma coisa maior.

Ela pegou então um instrumento pontudo, um bastãozinho que emitia uma luzinha verde e manteve-o bem próximo ao dente. "É preciso secar minuciosamente, para que não aconteça de novo", Lisete falou.

Para que toda a superfície do dente fosse alcançada, a dra. torceu sua mão, aproximando ainda mais de mim seu corpo. Neste movimento seu púbis tocou-me mais, pressionando de forma inequívoca meu braço direito. Por minha vez, encostei nela mais um pouco o braço, só um pouco, como se fosse mera casualidade.

O que me deu certeza total de que a dra. Lisete colaborava com o sarro foi que ela não encolheu o corpo nem tirou a luzinha verde do meu dente por um tempo razoável. Aí, arriscando-me de verdade, fiz movimentos com meu braço direito — eu estava de camisa de mangas curtas — no risco da xoxota de Lisete, que me pareceu dar um risinho de cumplicidade. Depois deu um suspiro e disse:

"Sabia que a época do Natal me deixa melancólica?"

Aquela frase e o suspiro de Lisete, por um motivo que não consigo explicar racionalmente, traziam subentendidos o gosto dela pelo que estávamos fazendo, os dois. Com aquele instrumento dentro da minha boca, só pude grunhir minha aprovação. O Natal também me deixava melancólico, foi o que eu disse, quando a dra. afastou o instrumento, não para afastar-se ela própria, pelo contrário. Deixando ainda mais clara sua cumplicidade, ela manteve a coxa encostada em mim, enquanto deixava o bastãozinho sobre uma mesinha móvel.

"O Natal é melancólico, mas tem coisas boas", eu disse, também deixando alguma coisa subentendida no ar.

Era agora ou nunca, pensei. Tanto poderia deixar nosso contato por aí, meio sonso, ou jogar todas as fichas de uma só vez. E foi o que fiz. Enquanto Lisete se virava para mim, para retirar o guardanapo de papel, num impulso pus a mão debaixo do jaleco e da saia dela. Foi uma sensação incrível alisar as coxonas da doutora, embora, apesar de tudo, eu ainda estivesse meio tenso, com medo de levar um fora.

Lisete ficou crispadinha e disse aquilo que selava nosso pacto definitivo.

"Deixa eu fechar bem as cortinas. Podem nos ver do edifício em frente."

Enquanto a dra. Lisete dava as costas para mim, fechando a cortina, pude examinar bem sua bunda, que era uma bunda arrebitada, eu já verificara isso outras vezes, mas não na iminência de tocá-la, como agora. Quando Lisete virou-se de novo para mim, segurei suas duas mãos, mas ela desvencilhou-se, não para livrar-se de mim, como cheguei a pensar.

"Deixa eu trancar as portas", ela disse. "Não acho seguro ficar desprotegida depois de certa hora."

Dito isso, ela saiu do consultório, cuja porta ficou aberta, e trancou a porta da sala de espera para o corredor. Depois entrou novamente no consultório e trancou aquela porta também. Aí pareceu hesitar, pois disse:

"Não quero que você fique pensando mal de mim."

"Eu só penso coisas boas de você, doutora."

Ela deu um largo sorriso e aproximou-se de mim. Dei as duas mãos para ela e puxei-a. Aí soltei minhas mãos e enfiei-as sob o jaleco e o vestido de Lisete. Era uma sensação melhor ainda do que a anterior, pois alisei não só suas coxas, como cheguei à sua calcinha. Sua xoxota estava toda molhada.

"Deixa eu tirar esse jaleco horrível", Lisete disse. E foi desabotoando-o. Ela estava estupenda, com um conjunto de saia e blusa azuis, em dois tons. A blusa era de desabotoar e eu trouxe Lisete para o meu colo e vi seu sutiã preto, liso e bastante sensual, deixando exposta a parte superior dos seios. Acariciei-os com a mão esquerda, enquanto a direita enfiei dentro da calcinha dela, que também era preta, e comecei a fazer carícias em sua boceta. Não é de admirar que ela gozasse rapidamente, refreando seus gemidos, para não ser ouvida nas salas próximas, onde ainda podia haver gente.

Tinha sido muito bom, mas temi que o assunto estivesse encerrado. Nada disso. A dra. Lisete, assim que seus tremores acalmaram, foi deslizando o corpo para baixo. Aí virou-se para mim, descalçou meus mocassins e minhas meias e foi puxando de um só golpe minha calça e minha cueca, enquanto eu próprio retirava minha camisa, para sentir-me mais à vontade.

Quase desnecessário dizer que Lisete caiu de boca no meu pau, mas, de repente, parou, ficou de pé, tirou sua saia e sua blusa, sua calcinha e seu sutiã e ali, de pé à minha frente, proporcionou-me prazer e estímulo visual, como nunca eu tivera antes. Segurando o refletor de luz que servia para iluminar a boca dos pacientes, mas que neste momento estava apagado, virou-o contra si mesma e acendeu-o. Os consultórios dentários são lugares por si só bem iluminados, mas aquela luz sobre a doutora me ofereceu a visão mais clara que eu já tivera de uma mulher nua em minha vida e, ainda mais, uma mulher com o corpinho perfeito da dra. Lisete. O fato desse corpo perfeito pertencer a uma dentista, e não a uma atriz ou modelo, dava àquilo, pra mim, um caráter fantástico de fetiche. E as sandálias de salto alto, que em momento algum ela retirou, só faziam realçar isso.

A dra. Lisete, depois de proporcionar-me aquela visão beatífica, curvou novamente o corpo e, apertando um dos botões da cadeira, fez com que ficasse, juntamente com meu corpo, quase completamente na horizontal. Eu estava completamente em suas mãos. E a imagem que ela então me passou foi de uma serpente, pois veio rastejando sobre minhas pernas, parando no meio do caminho para enfiar meu pau até o fundo de sua boca. Quando era impossível que ele estivesse mais duro, ela fez-me uma grande surpresa. Virou-se e ficou deitada de costas sobre meu corpo, meu pau aparecendo entre suas coxas, que ela friccionou em torno dele, gemendo baixo — como eu mesmo — por causa dos vizinhos.

Quem pensar que todos aqueles instrumentos odontológicos atrapalhavam ou deserotizavam a coisa está completamente enganado. No caso da dra. Lisete eles eram parte inseparável da transação. E tem mais: com todos aqueles botões de ajuste que dominava com maestria, ela ia mudando a posição dos nossos corpos, fazendo-os subir e corcovear das maneiras mais incríveis. O cara que inventou aquela cadeira de dentista merecia o prêmio Nobel de medicina ou outro Nobel qualquer. E eu disse: “Não aguento mais, dra. Lisete”. Então ela ajustou a cadeira para uma posição, digamos, normal. Mas era absolutamente incrível e tesante essa normalidade, a dentista nua sentada no colo do paciente, também nu. E meu pau entrou até o âmago dela. Tentei não gozar logo, mas chegou um momento em que não houve jeito e esporrei; esporrei muito dentro da dra. Lisete, eu segurando os peitos dela, que gozou demais, soltando gritinhos sempre mais ou menos contidos.

Nesse momento de orgasmo simultâneo aconteceu algo que podia ser um percalço, mas não foi. O telefone tocou e Lisete disse: "A essa hora deve ser o meu noivo, mas não vou atender, ele vai pensar que eu já saí para fazer compras ou algo assim". O fato de o noivo ligar enquanto trepávamos aumentou o sabor daquela foda, apesar de um medinho meu de que ele fosse conferir. Mas isso passou logo.

Uma das coisas mais interessantes entre mim e Lisete é que não havia o menor resquício de amor, e isso estava longe de ser ruim, pelo contrário, concedia ao sexo uma objetividade implacável; a menos que se chame de amor um desejo e um tesão sem nenhuma tolice romântica para atrapalhar. As palavras que ela dizia eram do gênero: "Me fode muito, Téo". Eu, por meu turno, falava: "Vou esporrar muito em você, doutora". E ela: "Sim, isso, me enche de porra, eu uso DIU". E assim por diante, sempre aos sussurros.

Depois de gozar, eu pensei que estava completamente esgotado e não daria mais no couro. Ledo engano, porque Lisete veio com uma proposta interessantíssima: "Não quer deitar de costas em cima de mim?".

Só de pensar nisso, meu pau começou a endurecer novamente, mas achei delicado perguntar: "Não vou te machucar?".

"Não, de jeito nenhum", Lisete disse.

Invertemos nossas posições na cadeira, que Lisete fez voltar a uma posição quase horizontal, e, enquanto eu sentia a sensação agradabilíssima dela esfregando a xoxota na minha bunda, ela alisava o meu pau, batendo-me uma punheta delicada, para não magoá-lo, como tinha dito Manoela a respeito da minha boca. E novamente ela manipulava os botões da cadeira, que se movimentava num vaivém, sobe e desce. Eu disse que não amava Lisete e era verdade, mas o egoísmo no sexo pode ser algo saudável, pois eu sentia uma imensa alegria, felicidade, mesmo, de perceber o quanto a doutora sentia prazer com minha bunda e caminhava para um novo clímax, enquanto meu pau, novamente duríssimo, me levava a gozar junto com ela, dessa vez com pouca porra.

Não creio estar exagerando ao dizer que quase desfalecemos e acho desnecessário contar como se deu o desgrudar-se, pegar as roupas etc., até porque eu não estava ali no consultório, e sim em meu apartamento, sentindo-me esvaziado e com uma consciência aguda de minha solidão. Pensei na verdadeira natureza do pecado original, que, muito provavelmente, deveria ter sido a expulsão do homem do Paraíso, depois de dar-se ao gozo solitário. Neste meu caso com as mais mirabolantes fantasias que, para serem mais plausíveis e demoradas, tinham de ter todo um enredo, desde o início, com o pretexto de um dente avariado. E não pude deixar de sorrir do fato de que, para maior coerência ainda, eu me despediria da dra. Lisete não com beijinhos, e sim com um aperto de mãos entre dentista e cliente. E enganam-se os que pensam que, com toda aquela putaria, não deveria haver pagamento. Ao contrário, o fato de preencher um cheque para a dra. Lisete só tornava mais completa, erótica e sublime aquela consulta.

A próxima consulta era a penúltima do tratamento e entrei ruborizado no consultório da dra. Lisete, ao pensar na fantasia que tivera na antevéspera. Mas não creio que ela tenha percebido alguma coisa, pois me recebeu apenas com a gentileza de sempre.

Nos tratamentos dentários, é natural que a dentista fale muito mais do que os pacientes, que estão de boca aberta e com ferros lá dentro, a maior parte do tempo. Então eu sabia muito mais da vida da dra. Lisete que ela da minha. E nesta consulta a doutora estava particularmente loquaz. Disse que ela e o noivo haviam marcado o casamento para o próximo mês e decidido viajar para Buenos Aires logo depois.

A dra. Lisete disse que adoraria saber dançar o tango. Perguntou-me se eu conhecia a capital argentina e só pude grunhir que sim. Disse ainda que o noivo não gostava de dançar, mas ela esperava pelo menos ouvir um conjunto de tango e ver os argentinos dançando. O futuro marido de Lisete era oficial da Marinha e pensei que, de fato, não combinava um oficial dançando tango. Pensei também nas barbaridades cometidas pelas Forças Armadas argentinas durante a ditadura. Conseguiram ser piores do que as brasileiras, mas lá, pelo menos, os assassinos e torturadores foram punidos. A dra. Lisete nunca falava de política durante nossas consultas, vai ver porque o noivo era militar e devia ser, na melhor das hipóteses, neutro.

Mas o que me veio realmente à cabeça com todo aquele papo de tango e viagem de núpcias, ali naquela sala cheia de instrumentos odontológicos, foi minha fantasia da outra noite. E não fosse Conceição sustentando um secador na minha boca, do meu lado esquerdo, não sei até onde isso poderia me levar, já que meu braço direito ficava a centímetros dos seios de Lisete, sentada do meu lado direito. E, de todo modo, a consulta chegou ao fim.

Enquanto Conceição retirava o guardanapo do meu pescoço e voltava a cadeira de dentista a uma posição vertical, Lisete disse: “Bem, agora só falta você vir aqui para um polimento e estará tudo terminado. Nada deverá incomodá-lo por um bom tempo”. Perguntei a Lisete quanto lhe devia, ela consultou o computador e disse que mil e duzentos reais. Era um preço camarada, pois vários dentes haviam sido tratados. Eu poderia pagar na próxima semana quando terminasse tudo, ela disse, ou até depois se eu quisesse. Nós nos despedimos com um aperto de mão, como tinha se tornado um hábito, e dei um tchau para Conceição.

Tive uma ideia luminosa e resolvi enviar um e-mail para Manoela. Perguntei a ela se faria um lencinho por encomenda.

*Para você?*, ela perguntou.

*Sim, para mim. Para eu dar de presente.*

*Nunca fiz isso antes*, ela escreveu, *mas para você posso pensar. Mas é melhor a gente conversar pessoalmente.*

Marcamos num café, a meio caminho entre meu edifício e o dela. Pedimos dois cafés com leite e pães na chapa. Sem mais delongas, perguntei-lhe se faria para mim, no espaço de uma semana, um lenço com um casal dançando tango. Eu pagaria trezentos e cinquenta reais, ou até mais, se ela quisesse. "Posso tentar", ela disse. "Quero dar uma olhada na internet, para ver se saco bem como é que se dança o tango. Você tem alguma ideia para esses dançarinos?" E Manoela tirou da bolsa um bloco de notas e uma lapiseira.

Expliquei a ela que queria as pernas da mulher trançadas em torno do homem. Com uma das coxas bem retesada, daria para ver a calcinha dela. Uma calcinha preta.

"Uau", Manoela disse. "O homem você faz bem esguio", falei, "com uma roupa justa, a camisa com listras horizontais. Bem, você deve imaginar isso melhor do que eu." "Vou tentar", ela disse. "Por enquanto, sem modelos de dançarinos, que posso pegar na internet, só posso fazer um esboço."

Manoela foi traçando, com uma agilidade incrível, de profissional, mesmo sem modelos, casaizinhos dançando algo bem próximo do tango. Era incrível como os dançarinos eram sensuais. Então ela falou:

"Acho que posso fazer o lencinho. Mas vai ser uma corrida contra o tempo, pois tenho de traçar o desenho sobre o pano e depois bordar por cima. Poderia fazer um esboço de dancing ou de palco, mas acho melhor que eles pareçam flutuar no espaço, com uma luz em cima."

"Maravilha", eu disse.

"Vai ser até divertido." Ela relaxou na cadeira. "Que tal mais dois cafés?"

"Ótimo", falei. "E como vai o João?"

"Bem, bem, na medida do possível. Bem-humorado, pois o dr. Leocádio liberou geral a morfina. Sem dar maiores explicações, acho que ele não está tentando prolongar a vida do João. A metástase se alastrou e até na quimioterapia ele está pegando leve. O que você acha disso?"

"Sou completamente a favor da eutanásia."

"Olha lá que é segredo, hein? O João sugeriu que saíssemos juntos nós três. Ou serão quatro?"

"Por que você diz isso?"

"Porque esse casal dançando tango parece presente para mulher. Você está no mínimo paquerando alguém."

"Para falar a verdade, atualmente não. Vou te dizer para quem é o presente. É para minha dentista. E ela vai se casar."

"Que pena. Mas, se eu tivesse uma bola de cristal, acho que nela eu veria vocês dois no futuro."

Não pude deixar de rir e, pensando naquela fantasia, fiquei imaginando se essa profecia se realizaria. Mas o desejo mesmo, que me passou pela cabeça, como no dia do jantar, é que gostaria de ter uma mulher como Manoela. Quem sabe depois que o João morresse, pensei, mas reprimi logo tal pensamento. E nos despedimos.

* * *

Não vi Manoela até quinta-feira, quando ela me telefonou e disse que o lenço estava pronto e que ela estava ansiosa para mostrá-lo a mim, pois tinha feito tudo para me agradar. "Mostrei-o a João, expliquei o caso e ele disse que você deve estar comendo a dentista, noiva ou não."

Por delicadeza, Manoela nem falou em pagamento, mas passei no caixa eletrônico e tirei sete notas de cinquenta reais. Marcamos encontro no mesmo café da última vez. Passei-lhe os trezentos e cinquenta, peguei o pacotinho lilás e desfiz o lacinho branco. Dentro da caixa azul lá estavam os dançarinos de tango. Tive um momento de hesitação, porque o lenço era tão bonito que eu mal tinha palavras para dizer o quanto gostara da obra. Terminei por dizer: "Mas é lindo, Manoela. Lindo e tão musical e sensual". E em minha cabeça tornou a se materializar minha foda com a dra. Lisete. Ainda bem que a toalha de mesa cobria minhas pernas. Descontei em Manoela. Segurei-a pelo pescoço e beijei-a na testa. Só não a beijei na boca por causa de João, mas em minha cabeça se confundiam Manoela e Lisete.

"Cuidado com o lenço", Manoela disse, "você pode sujá-lo de café. Me dá ele aqui que vou refazer o embrulho para presente."

Fiquei um pouco desapontado com os comentários práticos dela, mas isso logo passou, pois o lenço ultrapassava todas as minhas expectativas. A dançarina com a coxa sobre o homem e a outra perna como que entrando dentro dele. Sua posição era parecida com um quatro e a calcinha preta era mostrada na medida exata. Havia algo que me lembrava da máquina erótica odontológica e tive vontade de dizer isso a Manoela, mas seria muita entregação.

* * *

Na sexta entrei no consultório de Lisete, cumprimentei-a e fui direto para a cadeira sem mencionar o presente, que queria guardar como uma surpresa para o final da consulta. Sentei-me na cadeira e, com o lencinho numa sacola de papel, fiquei superexcitado, esperando a hora em que ela o visse. "Pois não é que terminamos hoje?", ela falou. Com a boca aberta, limitei-me a controlar minha excitação. Lisete disse que o Artur já havia comprado a passagem para dali a dez dias e que ela mal continha a impaciência, pois jamais tinha viajado para o exterior. Lisete falou também que eles estavam pensando se tiravam uns três dias de Buenos Aires para ir a Bariloche. Conceição mantinha o secador na minha boca e eu não podia retrucar nada, mas estava contente com a felicidade de Lisete e, ao mesmo tempo, um pouco enciumado.

Finalmente o tratamento terminou. Sentei-me à mesa da doutora e fiquei frente a frente com ela. Preenchi o cheque de mil e duzentos reais enquanto ela fazia o recibo e lhe disse, só de sacanagem, que ela ia voltar revigorada. E que, aproveitando o ensejo do Natal e do casamento, tinha um presentinho para ela. Aí tirei a caixinha da sacola e estendi-a para a dra. Lisete.

"Ah, mas você não precisava", ela disse. Tinha me entregado um convite de casamento, só para a igreja — um convite *pro forma* — e nós dois sabíamos que eu não iria. Mas a dra. Lisete deu quase gritinhos ao ver o casal dançando o tango. "Mas você lembrou, hein, danado?", ela disse, enquanto eu enrubescia. Enrubescia e ao mesmo tempo visualizava a dra. Lisete com a roupa de baixo preta e sensual, no ritmo do tango. E, em vez de ver o capitão Artur despindo a doutora, eu me pus no lugar dele e fiquei completamente excitado. Para despistar, falava o que me vinha à cabeça. "Foi uma amiga minha que bordou o lenço, pois contei a ela que você ia em viagem de núpcias a Buenos Aires e que adoraria dançar um tango. Foi o bastante para o talento dela funcionar. Que tal a roupa e a posição da dançarina, doutora?", eu disse. "Mas é um primor, Téo, vou levar este lenço na viagem e, de vez em quando, dar uma olhada nele. E tenho certeza de que o Artur também vai adorar. Vai ver ele até se anima a aprender a dançar o tango."

Foi o que bastou para eu readquirir minha compostura. Peguei o recibo com a dra. Lisete e levantei-me para me despedir dela. Aproveitando o pretexto do final do tratamento e do ano, desta vez, no lugar de despedir-me formalmente, abracei apertado a dra. Lisete e senti os seios durinhos dela e suas ancas, e achei que podia não apenas ter tesão por ela, mas amá-la, pelo menos o tempo que o tesão durasse. Seria capaz de apostar que Lisete sentiu minhas reações em todas as suas minúcias e, antes que eu tornasse a perder o comedimento, dei as costas para ela, desejei um *fica com Deus* para Conceição e abandonei o consultório.

Encontrei Manoela outra vez na rua e ela me perguntou se o presente para a dentista havia agradado. "Ah, sim, muito. Ela até vai levá-lo na lua de mel", eu falei. "E em você, doeu?", Manoela deu uma risada. "Não sei do que você está falando", eu disse. "Não pense que me engana com essa cara de sonso" Manoela falou. "O detalhe da calcinha preta te entregou." "Bom, não vou discutir", eu disse, "mas só adianto que ela tinha vontade de dançar tango em Buenos Aires. Mas vamos mudar de assunto. Não vi mais o João, que tal eu oferecer um jantar a vocês? Mas tem de ser na rua, porque lá em casa eu não tenho infra."

Fomos ao Joaquim Manoel, bem perto das nossas casas, e combinamos de ir ao cinema São Luiz depois. Pedimos uma massa e filé, dois pratos para dividir para três. O papo transcorreu ameno, assuntos gerais, e teve uma hora, mais perto da sobremesa, que João falou que ia ao banheiro. Manoela cochichou comigo: "Tá vendo? Foi se aplicar lá dentro, para curtir melhor o filme. Ele carrega uma seringa no bolso e um frasco de morfina". "E você, não se importa?", perguntei a ela. Notei uma sombra no rosto de Manoela, mas ela disse: "O dr. Leocádio falou que ele não deve ter mais de dois ou três meses de vida. E nós decidimos evitar três coisas: internamento, dor e depressão. Você não acha que estamos certos?".

"Certíssimos", falei, um pouco antes de João voltar, brincando: "Agora que estou de cabeça feita, podemos ir ao cinema". Pelo visto, ele sabia que eu sabia da morfina.

Fomos ao São Luiz, a um pulo dali, ver um filme escolhido por João. Curiosamente — ou não, porque fora uma escolha dele — o filme tinha um pouco a ver com a situação que vivíamos, incluindo neste "nós" a dra. Lisete, levando-se em conta que João achava que ela era minha paquera ou até amante. Era um filme anglo-canadense, do diretor Bruce Gomlevski, e tratava de dois casais amigos que saíam sempre juntos e frequentavam a casa um do outro. E, com grande sutileza, ia levando o espectador a perceber que Lucy amava John, marido da francesa Thérèse, que por sua vez amava George, marido de Lucy. E os amores eram recíprocos, sem significar descaso pelos respectivos cônjuges. O mais interessante é que não havia traições escancaradas, pois os quatro eram contidos, éticos. Mas o espectador, a quem não se revelava o final do filme, se exasperava, à espera de que um desenlace ocorresse, mas ele não ocorria e, no fim, um passeio ao País de Gales, numa região montanhosa, acabava por mostrar Lucy e John, sentados contra as costas um do outro, enquanto Thérèse e George passeavam à beira de um regato. Era como uma sinfonia pastoral e, embora não tenha sido um sucesso de público — pelo contrário, ficou pouco tempo em cartaz —, houve um grande debate crítico e discussões na imprensa sobre até que ponto podia existir um amor a quatro, respeitando limites sexuais, sendo a ausência de sexo ilícito fundamental para que *O quarteto* se mantivesse unido. E até que ponto o amor platônico podia existir, assim como uma dramaturgia sem conflitos?

João, em sua escolha, alegava que a obra estava provocando discussões. Na disposição dos lugares, Manoela ficou entre João e eu, e os braços dela encostando no braço de ambos. Tenho certeza de que João, assim como eu, não ficava indiferente a esses toques leves, e aí ficava claro que havia uma relação entre nós três, pois, de algum modo, por meio de sua mulher, João encostava também em mim. E fiquei pensando se ele já não preparava sua sucessão no casamento, deixando sua mulher nas mãos de um homem de quem ele gostava. Resumindo, todos se amavam, mas, como no filme, não passava por minha cabeça trair João com Manoela.

Por outro lado, eu adquirira uma verdadeira obsessão por aqueles lencinhos, o que me dava, também, volta e meia, um bom pretexto para estar perto de Manoela. E faltavam os presentes de minha mãe e de minha ex-mulher. Num happy hour, na casa de João e Manoela, ficou decidido que eu daria para minha mulher um lenço com uma mulher nua, na posição de *La maja desnuda*, de Goya, com boas possibilidades de irritar seu atual marido. E o presente de minha mãe seria, de alguma forma, inspirado naquela região montanhosa do filme que havíamos visto, substituindo-se apenas os casais por uma senhora pescando num regato, ao lado de um homem mais jovem do que ela, o que eu tinha certeza de que lhe agradaria. Eu já levara minha mãe a Teresópolis e havíamos pescado uns peixinhos juntos, que depois limpamos e fritamos. Isso fora pouco tempo após a morte de papai, quando eu vinha dando atenção a ela muito mais do que costumeiramente. Quando decidimos que seria esse o lenço, lágrimas vieram aos meus olhos e tive certeza de que João e Manoela perceberam isso. Também tive certeza de que minha mãe apreciaria minha sensibilidade.

Já era 20 de dezembro quando fui almoçar na casa de minha mãe. Nós nos abraçamos e nos beijamos carinhosamente, e ambos sentíamos que havia um algo a mais nesse abraço. Minha mãe afastou-se um pouco e olhou-me indagativamente. "Tem alguma coisa boa se passando com você, meu filho. Não precisa nem dizer, acho que você está gostando de alguém." "É o espírito de Natal, mamãe", eu ri. "Só faltava essa", ela disse, "você nunca gostou do Natal, só quando era menino." Fiquei impressionado com o descortino de mamãe, pois, afinal, minha relação com Manoela era um negócio mais do que platônico, até meio secreto. E mudei logo de assunto. "Falando nisso, já trouxe o seu presente." Estendi o pacotinho para ela, que assim que viu o bordado deixou as lágrimas caírem. "Ah, meu filho, foram tão boas aquelas vezes em que passeamos juntos. E essa pescaria, eu ficava com pena dos peixes morrendo, mas eles estavam tão saborosos. E aqueles morros lá de Teresópolis, que beleza."

Minha mãe era assim, toda meiga, talvez por isso eu apreciasse do meu jeito as mulheres. Uma meiguice que ficou ainda mais patente quando ela entregou meu presente. Que era uma camisa com listras fininhas, de manga comprida, o tipo de roupa que tornava elegante, de um modo casual, um homem de cinquenta e tantos anos como eu. Estava fazendo previamente essa visita natalina porque meu plano era passar a data propriamente dita com Manoela e João.

Enquanto jantávamos uma boa comida caseira, a conversa acabou caindo num assunto que sempre agradava minha mãe.

Se eu não pensava mais em casar. “A mulher que eu aprecio já é casada”, eu disse. “E vou lhe contar um segredo: foi ela que bordou este lencinho.”

João faleceu de parada cardíaca na tarde de 23 de dezembro de 2008, quando tomava um uísque no sofá de sua sala. Era óbvio que ele tivera o problema cardíaco pelo excesso de morfina, atuando num organismo já debilitado pelo câncer. Mas como foi o dr. Leocádio quem assinou o atestado de óbito, não houve nenhum tipo de questionamento. Manoela me confidenciou isso, e eu pensei que Leocádio era um benfeitor e também pensei em tornar-me seu cliente, para quando chegasse minha hora.

Passei pelo apartamento de Manoela lá pelas cinco da tarde, logo depois que fui avisado por ela. Havia umas quatro ou cinco pessoas lá dentro, além de Manoela, que começou a chorar baixinho quando eu a abracei. Depois ela me levou para o quarto do casal, onde estava o corpo, já vestido para o sepultamento, usando o blazer do nosso primeiro jantar, como eu tinha adivinhado. Manoela, depois de acariciar os cabelos de João, disse-me, controlando o choro:

“Eu estava lhe servindo uma segunda dose de uísque quando, de repente, ele se debruçou, deixando cair a bebida, e já estava morto.”

“Uma morte digna de João”, eu lhe disse, passando um braço, protetoramente, em torno do seu corpo.

“É, nisso você tem razão”, ela disse, e ia dizer mais alguma coisa quando entrou um parente de João no quarto, dizendo que o pessoal da funerária já tinha chegado.

Perguntei a Manoela em que cemitério ia ser o velório e o enterro, e ela disse: “Do Caju”. Aí perguntei se ela precisava de alguma coisa e como ela disse que não, avisei-a de que ia em casa tomar um banho e trocar de roupa e a encontraria no cemitério.

Pela hora que João havia falecido e pelo tempo que duraram todos os preparativos, a noite chegou antes que se pudesse cremar o defunto, conforme o desejo dele. Entre parentes e amigos não passaram mais do que vinte e cinco pessoas pela capela, no final da tarde e à noite. Depois foram saindo aos poucos, até só restarmos Manoela e eu. Eu não ia deixá-la sozinha com o morto, então fui ficando. Volta e meia ela se acercava do esquife e eu ficava sentado num banco estofado e comprido, respeitando sua dor e sua despedida do marido, de quem às vezes ajeitava alguma coisa no traje. Noutras vezes chorava discretamente, até que por fim veio sentar-se no mesmo banco onde eu estava e não se levantou mais.

Cheguei bem para o canto, deixando bastante espaço para Manoela e perguntei-lhe: "Não quer deitar-se para descansar?". "É, acho que vou fazer isso", ela disse. E deitou-se de costas, fechando os olhos. Também fechei os meus e fiquei recostado naquele canto. Depois de certo tempo, ouvi a voz dela:

"Téo."

"Hein?"

"Está dormindo?"

"Não, e pelo visto nem você."

"Pois é, eu queria te dizer uma coisa curiosa."

"O quê?"

"É que de repente estou em paz. Que aqui, apesar do clima mórbido, é um lugar de paz. Não sei se por que estou em sua companhia."

Percebi que Manoela estendeu o braço direito para trás, de modo que nem hesitei em segurar sua mão e apertá-la.

"É curiosa a vida, Manoela. É tão efêmera que o número dos vivos não é nada, comparado ao dos que já morreram, cujo número é de uma grandeza infinita. Aliás, é tudo de uma grandeza infinita. Estou olhando para a escuridão lá fora, para o infinito, e agora é como se João fizesse parte disso."

Manoela apertou mais minha mão.

"Ah, Téo, você não sabe como isso me consola. E depois morreremos nós dois e habitaremos os três nesse todo infinito."

"Ou será como se nunca houvéramos sido?"

"Mas agora estamos aqui e que Deus me perdoe, mas está sendo bom isso e tenho certeza de que João, do jeito que era desprendido e gostava de mim, gostaria de ver-nos aqui."

"Ainda nem cremado o seu corpo?"

"Sim, ainda nem cremado."

"Ele te disse alguma coisa a respeito disso?"

Manoela deu um risinho entre lágrimas:

"Que faria muito gosto se nós dois... depois que ele morresse."

Agora também eu estava deitado no banco, muito próximo à Manoela, na capela do velório, um de frente para o outro. Não nos tocávamos apenas para que um funcionário ou outro do cemitério, que viesse ali, não se escandalizasse, pois deviam saber que Manoela era a viúva. Não havia nenhum cheiro de decomposição, só de cravos e lírios e também das velas nos castiçais. O clima da madrugada era bastante ameno.

Depois, uma ponta quase invisível de claridade, ao som do canto de cigarras. A claridade foi aumentando, ouviam-se os ruídos dos primeiros carros nas ruas, o dia era cinzento. Tanto eu como Manoela nos recompusemos nos banheiros e, quando chegou o primeiro casal para as condolências, quase às oito horas, estávamos de lados opostos do caixão. Manoela era o tipo de viúva confortada quando chegou a maior parte dos visitantes e ninguém se espantava, pois todos sabiam do câncer progressivo de João.

Às onze horas, João foi cremado e Manoela estava de braço dado comigo, o que também não causou grande espanto, porque várias pessoas sabiam que eu era um amigo muito próximo do casal. Lembrei-me daquela tarde de chuva, quando fomos juntos a um banco.

Aproximando a boca do meu ouvido, Manoela cochichou: "E pensar que ele agora é cinzas."

Essas cinzas foram entregues num cofre à Manoela, pouco tempo depois. Passados uns quatro meses, nós nos casamos discretamente, só no civil, até porque eu era divorciado. Vendemos nossos apartamentos e compramos outro, espaçoso, na avenida Rui Barbosa, o morro da Viúva, de frente para o mar, uma beleza. No ateliê da casa, numa estante, num cofrinho trabalhado de madeira de lei, as cinzas de João. Continuo cliente da dra. Lisete, para as revisões periódicas, e Manoela ficou satisfeitíssima quando soube que a dentista estava grávida.

Manoela continua fazendo lencinhos, cada vez mais bonitos, só que não os vende mais na rua, e sim numa lojinha que eu administro. E aquele lenço da serenata? Talvez porque nos tempos que antecederam a morte de João Manoela já não andasse vendendo lenços na rua, os lencinhos do seresteiro, da moça à janela e das notas musicais, ficaram no estoque. E quando Manoela perguntou o que eu queria ganhar de presente no meu aniversário, eu disse que era aquele conjunto. "Posso saber por quê?", ela disse. "Porque, além de lindo, foi um dos primeiros que você me mostrou e, para mim, estes lenços são um símbolo do nosso amor." Dito isso, tirei um anel de prata do bolso e coloquei-o no anelar direito dela, porque o esquerdo ainda estava ocupado pela aliança de João.

# 3. Um retrato

No retrato, minha mãe se debruça e abre os braços para mim, que corro em sua direção. A câmara, manejada por meu pai, me pega meio de costas, meio de perfil, e minha mãe quase frontalmente. Seu sorriso é radiante em seu rosto de traços delicados, nos lábios um batom discreto, os cabelos puxados para trás. Mas era outra a foto que ocupava um lugar no quarto de meu pai, antes de ele casar-se outra vez, assim como era outro o meu retrato no hall em que se abriam as portas dos três quartos.

O retrato em que corro para minha mãe fora dependurado no escritório de meu pai, nos fundos da casa. Pensei mais tarde que, com essa localização, meu pai deixava a foto acessível para mim, sem que eu tivesse de vê-la o tempo todo, como que me poupando de uma falta sempre renovada. E o fato de meu pai conservá-la num espaço tão seu mostrava seu grande apego àquele instantâneo feliz.

O escritório de meu pai era um lugar que me fascinava, com sua mesa, instrumentos de trabalho e as estantes com os livros de direito e literatura, em três línguas. A partir de determinada fase da adolescência comecei a admirar o gosto de meu pai pela poesia e lembro-me de ele ter me dito, quando comecei a frequentar o gênero, que só os bons poetas conseguiam que seus versos descortinassem os sentidos possíveis das palavras. Quando lhe perguntei, um dia, se chegara a escrever poesia, ele enrubesceu e disse que seus poemas não valiam nada e ele jogara tudo fora. Exatamente o que veio a acontecer comigo, embora nunca tenha deixado de saber que em algum território estão as palavras que valeria a pena eu escrever.

Eu gostava do cheiro de meu pai, até dos cigarros que fumava, das suas roupas no armário. Mas o cheiro de minha mãe e de seus vestidos, que logo desapareceram do armário — e isso bem antes de Mariana —, eu devia imaginar inteiramente, e, no dia daquele retrato no jardim, imagino-a com um cheiro de sabonete feminino e algum perfume sutil. E também um cheiro seu, muito bom.

Todas as crianças amam suas mães, mas a minha morrera quando eu tinha cinco anos, de modo que sua memória tornou-se em mim evanescente, e foi minha mãe naquele retrato, o último dela, que se elegeu por si própria para guardar-se em minha mente.

Eu, como todos os vivos, continuei me transformando, e meus sentimentos pela mulher do retrato, os modos de evocá-la, podiam variar de acordo com o tempo transcorrido ou outras circunstâncias.

A morte de minha mãe, de pneumonia, aos vinte e nove anos, só pode ter sido uma verdadeira devastação na família, porém não tenho quase nenhuma lembrança de sua falta naquele momento, pois ela morreu no hospital e, como disseram que viajara, simplesmente não voltou. Mas me lembro bem dos cuidados dos parentes e de meu pai comigo, mas a palavra morte, pelo que recordo, não era pronunciada.

Depois, as referências à minha mãe começaram a se fazer num tempo passado, e esse foi um modo de a morte ser introduzida mais suavemente, e não sei se eu percebia um brilho nos olhos de meu pai, nesses momentos, como imagino agora. Imagino, também, que choros meus sem motivo preciso podiam ter como razão a ausência de minha mãe.

Lembro-me de que, lá pelos sete, oito anos, eu notava e achava muito bonito o fato de se referirem à minha mãe pelo seu nome: Francisca. "Francisca gostava muito que os pássaros viessem pousar em nossas plantas." "Francisca gostava tanto do cheiro de chuva." Uma tia: "Vocês não acham que Henrique tem a boca de Francisca?". Mas o fato era que todos achavam que eu era meu pai escrito. Se fosse mais parecido com Francisca, não sei como seriam minhas reações diante do retrato ou da evocação dele. Talvez as mesmas, talvez não.

Mariana foi introduzida na casa aos poucos, mas já antes que eu a conhecesse, com doze anos, ouvia pronunciarem seu nome de um modo especial. Meu pai se tornava um homem mais alegre e comunicativo, ausentava-se em várias noites.

Ao me ser apresentada, Mariana me estendeu a mão e disse: "Como vai, Henrique?". Gostei que fosse assim, sem forçação de barra, pois não fiquei encabulado. E foi só algum tempo depois, quando se casou com meu pai e veio morar conosco, que ela começou a me dar beijos no rosto e leves abraços. Essa leveza no tocar me dava uma noção maior de seu corpo, e eu estava na idade em que os hormônios irrompiam. Mariana era jovem e bonita, e eu não podia ficar indiferente àquela presença feminina, o cheiro excitante de suas roupas no armário deles, que vez por outra eu abria. Várias vezes surpreendia meu pai passeando seus olhos de mim para ela e dela para mim, e tenho certeza — não sei se na época reconhecia isso — de que ele não apenas queria saber se nossas relações eram cordiais, como intuía o que se passava em meu corpo.

Mariana era uma mulher afável e tornou-se minha amiga, não falava comigo de cima para baixo e ouvia com atenção meus comentários sobre o colégio, os amigos e amigas, futebol, música. E às vezes ela mencionava Francisca com a maior naturalidade. "Acho que Francisca gostaria de ver como o jardim continua bem cuidado." A decoração da casa ia mudando, aos poucos, para um gosto mais dela, com exceção de meu quarto de adolescente e do escritório.

A gravidez de Mariana e o nascimento de Paulo, misturados a meus primeiros namoricos, puseram fim a qualquer ardor que eu pudesse sentir por ela. Não vou esmiuçar um possível ciúme com o nascimento do irmão. E Paulo acabou por conquistar-me quando começou a sorrir para mim, vir para meus braços e beliscar-me o rosto com toda a sua inocência.

Às vezes me pergunto como seria se Francisca não fosse mãe só minha, mas aí também seria outra mulher, vivendo em outro tempo, o que é difícil imaginar.

O gosto pelos livros e certa introspecção me tornavam um pouco diferente dos amigos de escola e da vizinhança, mas não a ponto de não jogar bola, entrar nas brincadeiras, conversar sobre sexo, meter-me em uma ou outra briga, ir a festas. Mas não me lembro de ter conversado sobre minhas leituras de poesia, a não ser quando já estava na faculdade.

Um pouco diferente dos amigos, sim, mas sempre parecido com meu pai, que gostava de conversar comigo, de ser ouvido por mim, e eu também o ouvia, fascinado. Certa vez, no escritório: "Francisca era uma mulher de muita vida, boa de se viver com ela. Quer dizer, Mariana também, mas não se deve comparar pessoas, não é mesmo?".

Acho que eu não disse nada, só concordei com a cabeça.

Outra vez, ele me abraçou e disse, também no escritório: "Ah, o filho de Francisca."

Francisca, que permanecia a mesma no retrato, enquanto todos nós mudávamos.

O fato de eu ser criança quando minha mãe morreu não impediu que, mais de uma vez, eu me visse como o jovem que escrevia poesias — sempre rasgando-as, insatisfeito — sendo recebido por Francisca em seus braços. Sentia então seu cheiro tão bom e nos beijávamos levemente nos lábios. Ah, o gosto de Francisca, o seu hálito. E creio que Francisca foi o tema obscuro e oculto de algumas dessas tentativas de poesia.

Também me vi, depois de uma decepção amorosa, sentado com Francisca num sofá e encostando a face em seu peito, sentindo o contorno e o volume bem proporcionado dos seus seios, ela afagando-me os cabelos enquanto eu acariciava seus braços.

Mas me vi, ainda, abrindo os braços para que Francisca, tão jovem como no retrato, se aninhasse em meu peito — o peito de um homem de mais de quarenta anos — como se ela pedisse: "Ah, me proteja, Henrique, quero viver".

Já Francisca mais velha nunca vejo, nem quero ver, pois destruiria uma preciosidade em mim. Por ocasião da morte de meu avô materno, perguntaram a mim e a meu pai se queríamos assistir à exumação dos ossos de Francisca. Nem eu nem ele quisemos, sem comentar um com o outro por quê, e lembro-me de ter dito a alguns parentes que, quando chegasse minha vez, queria ser cremado.

A morte de meu pai foi uma morte anunciada, pois um câncer no pulmão se alastrou por outros órgãos. A partir de certa fase da doença, nosso papel maior foi aliviar seus sofrimentos e providenciar para que ele morresse em casa. Ao ver meu pai definhando, eu, que era tão parecido com ele, senti que algo em mim também se desagregava, apesar da sensação de que alguma coisa de meu pai continuava em mim.

Esta não pretende ser uma crônica completa de minha vida pessoal e familiar, mas um retrato meu, nosso, ligado àquele de Francisca comigo e escrito com o apego à brevidade da poesia, que eu e meu pai compartilhávamos, e por isso mesmo não escrevíamos. Mas foi esse gosto pela literatura que acabou por me levar ao curso e ao ensino de letras.

Para que não pareça, erroneamente, viver no ar ou um misantropo, devo dizer que estou num segundo casamento, isso para mencionar apenas as relações formalizadas. E tenho de Vânia, minha primeira mulher, uma filha com quem sempre me encantei. Meu pai me disse um dia que Luísa, essa filha, tinha nos olhos e no sorriso um quê de Francisca, levando-me a meditar sobre os mistérios da natureza, que fixava certos traços de Francisca em Luísa, como se não passassem por mim.

Contemplando as feições de meu pai no caixão, parecia inacreditável, mesmo tão consumido pela doença, que não fosse mais mover-se ou falar. Minhas lágrimas foram discretas no velório e no enterro como se eu, o filho mais velho, aos cinquenta e três anos, devesse proceder assim. Com a morte de meu pai, tornava-se mais nítida a sensação que eu já vinha tendo de ser levado ao primeiro lugar da fila. Ao ver o caixão baixado à sepultura, decidi que não adiaria por mais tempo as providências para garantir a cremação do meu corpo. Por um sentimento não racional, penso que assim estarei misturado ao éter e não terrivelmente solitário sob a terra, sendo devorado pelos vermes.

Mariana, Paulo e eu examinamos os papéis e demais pertences de meu pai em seu escritório em casa, e eles me disseram que podia levar o que quisesse, já que ali deveriam estar tantos livros de que eu gostava. Era verdade, mas eu disse que depois pensaria melhor nisso. Afinal, Paulo seguia a carreira de advogado, e como Mariana continuasse a habitar aquela casa, eu sentia pena de desarrumar aquele ambiente tão identificado com meu pai.

Mas quanto àquele retrato não havia dúvidas. Mariana retirou-o da parede e estendeu-o para mim:

— Você há de querer ficar com ele, não?

— Sim, claro.

Em meu apartamento, preferi guardá-lo numa gaveta do escritório, por certo pudor de olhares alheios. Agora, sim, eu sentia o peso de uma orfandade completa; na visão daquele retrato, transportava-me ao tempo de criança e minha mãe estendia os braços para pegar-me.

# 4. Madonna

Não demorei a me dar conta do quanto foi inútil entrar armados e encapuzados no museu, arriscar-nos em plena luz da tarde para levar as obras. Pois elas eram conhecidas demais de todo mundo para ser vendidas, e qualquer colecionador ou amante da arte que pagasse para ter os quadros teria de escondê-los para usufruir deles em segredo, como eu próprio, e às vezes chego a pensar — e não apenas pelo roubo — que minha angústia é idêntica à do homem que cruza a ponte e grita. Se fosse apenas este o quadro, creio que o teria destruído.

*O grito* é o inferno que uma mente humana pode abrigar, o retrato do desespero sem fim, e, se o destruísse, gostaria que fosse com uma faca pontiaguda retalhando a tela, como se assim pudesse destruir toda dor e todo sofrimento. Mas quantos bilhões são os seres humanos e quantas e quantas vezes tal angústia não poderá se repetir?

O inferno é aqui na Terra, e Edward Munch conseguiu retratá-lo na expressão do homem que atravessa de noite a ponte, na boca o ricto escancarado e as mãos segurando o rosto, sob uma atmosfera inacreditavelmente sinistra em cores esquizofrênicas, vermelho e amarelo. Suportaria eu, sem me destruir, a dor de conviver interminavelmente com *O grito* não fosse a Virgem?

Sim, a *Madonna* que está na outra tela que roubamos é virgem, sem dúvida, pois não podemos admiti-la partilhando sua intimidade com um homem e se para ser a mãe de Cristo não deveria haver nenhum conhecimento carnal, também não podemos admitir a *Madonna* de Munch em trabalhos assistidos de parto, amamentação, troca de fraldas. Ah, não, não há Jesus no momento desta pintura.

Há a *Madonna* de Munch e houve quem dissesse que representava também a angústia, mas não a vejo assim, o que há é a noite azul-escura e a virgem com um halo vermelho sobre a cabeça e o rosto lindíssimo e sonhador ou melancólico; o que há é a sedução da noite iluminada pelo tronco e pelos seios belíssimos da *Madonna*, em que temos vontade de repousar o rosto, e seria impensável e sacrílego, mesmo para os incréus, mostrar seu sexo. Enfim, os mistérios gozosos da parte superior de seu corpo oferecido a homens de sensibilidade. Oferecido a mim. E depois de ver a *Madonna* nunca mais poderei apartar-me dela, que aplaca toda angústia, embora permaneça em mim a ânsia de abraçá-la, envolver seus seios. E ela apaga todos os amores vividos, então tornados uma reles imitação, para ser para sempre o primeiro e único amor.

# 5. O conto maldito e o conto benfazejo

I

Quantas vezes não nos espreita o conto maldito, do qual queremos fugir, mas algo assim como uma sina nos obriga a atravessá-lo? O conto dos crimes hediondos, como a sevícia e morte de mulheres e crianças, que preferíamos não escrever, como se o fazendo déssemos realmente à luz o monstro e seus atos. Não a escrita lúdica, proporcionando o prazer das histórias noires, policiais, como se o assassinato pudesse ser considerado uma das belas-artes, como no livro de Thomas de Quincey, e, sim, o lance brutal de uma lâmina espetando a carne indefesa, enquanto se abusa do corpo de quem não ousa nem gritar em seu pavor. O conto do qual somos simultaneamente autor e presa, pois passamos por ele como um flagelo e, no entanto, são apenas palavras que nós mesmos encadeamos. Mas, nessas palavras, como que se materializam, por exemplo, o maníaco que atrai o menino de nove anos, com a promessa de lhe dar uma bola de presente, e este menino e sua dor muda, pois sua boca foi tapada por uma das mãos do algoz. E não bastasse esta dor de carnes rasgadas, ao ser violentado, tão logo termina o sexo macabro há a faca que lhe penetra as costas até o coração. Um crime tão nefando que clamaria aos céus, houvesse um pastor nos céus cuidando dos meninos aqui na Terra. Mas, houvesse Deus, não seria Ele responsável também pelo estuprador e assassino, pela extrema abjeção dessa criatura Sua? Não deveria Ele acudi-la em sua confusão e infâmia?

II

Mas por que teríamos tanto pudor ou desprezo pelo conto benfazejo, em que um homem deitasse o rosto na barriga da mulher grávida, auscultando os ruídos naquele lago profundo e milagroso, enquanto a mulher, por sua vez, lhe acariciaria os cabelos e, nesse momento, todas as possíveis desavenças seriam esquecidas assim como toda angústia para dar lugar a um entendimento mudo dos seres com o melhor de sua natureza?

# 6. O rigor formal

Fernando Ramiro, meu marido, escritor:

Se faço questão de qualificá-lo duplamente na introdução a este texto, que é ao mesmo tempo uma carta particular e pública, que daqui a algumas horas estará disponível num dos sites culturais brasileiros mais acessados na internet, é porque desejo desde logo assinalar os personagens principais envolvidos nos fatos aqui relatados. Personagens que são você e eu, embora haja também o terceiro que logo ganhará uma súbita notoriedade, o estudante de pós-graduação que nomeio simplesmente José Luís.

Mas, ao contrário dos procedimentos adotados por você, conhecido por seu refinamento e rigor, que levaram alguns dos nomes da nossa assim chamada melhor crítica e da universidade a coroá-lo como um clássico contemporâneo, classificação que me deixa hoje perplexa e nauseada, após ter procedido, Fernando, à sua completa desmistificação, prefiro — antes que este preâmbulo me faça parecer um epígono seu de saias — ir logo a uma cena que envolve sexo cru e adultério. Pois, diferentemente de você, não temo a crueza e até a vulgaridade na escrita e posso mesmo dizer que as desejo, pois é sua elegância, Fernando, seu estilo, que me enojam, embora não saiba precisar o quanto terão me contaminado e poderão influenciar-me no decorrer deste relato.

Verdadeiramente começo, então, pelo momento em que, diante da mesa com seu computador, da sua cadeira e de seu pequeno sofá, da sua escrivaninha e da sua cama mais ou menos e planejadamente tosca, tudo isso em seu quarto monástico de escritor, cravado em nosso apartamento à antiga em Copacabana, prostro-me diante do doutorando em letras que veio à sua procura — ele em pé, eu ajoelhada numa almofada — numa sublime submissão — não lhe trará isso lembranças, Fernando? Ou será apenas uma farsa? Mas não haverá sempre algo de sublime, sacrificial — e, ousaria eu dizer, santificado — no ajoelhar-se de uma mulher para chupar um homem, como representação ou não? No entanto, estou me deixando levar por frases, literatura, quando não é preciso mais do que uma psicologia rudimentar para explicar que tal ato libidinoso nos traz, a mim e a ele, tanta exaltação dos sentidos e — por que não dizer? — do espírito, bem mais do que o costumeiro nessas práticas já por si exaltantes. Surpreso? Ah, por que não foi com você? Mas há quanto tempo não é com você? E lembre-se bem de que, da última vez que aconteceu entre nós, você disse que o resto daquele dia de trabalho estava perdido, eu o deixara exangue. E você ficou sombrio e amuado como se tivesse abortado uma obra-prima.

Mas não nos afastemos do que acontecia entre mim e o estudante. Quanto a mim, não era apenas porque, aos quarenta e sete anos, eu podia encher minha boca com o pau de um homem jovem e bonito que eu me exaltava. Mas porque o fazia em seu quarto, Fernando, enquanto você se divertia com sua namoradinha na festa da TV. Não fosse isso, eu até me aborreceria, com o estudante e sua fé nas letras ("Eu mal acredito que estou aqui", ele disse), chegando às raias da ingenuidade, o que, possivelmente, o levará a tornar-se, além de um professor, um escritor, do nível, provavelmente, dos professores de letras que se tornam escritores.

Certas características na mocidade estudantil me dão até fastio, mas não nego o prazer de iniciar aquele jovem num cinismo que, bem mais do que a ironia, considero cada vez mais essencial para que uma escrita não se afogue no tédio. E o aprendizado de certas malandragens não serão vitais para que um doutorando se torne um professor ou um crítico com senso de humor, este espécime tão raro?

Mas não nego que o completo encharcamento entre minhas pernas — e ainda não será desta vez que usarei a mais escandalosa das palavras — se deveu não apenas ao fato banal de eu o estar traindo, Fernando, mas também em seu santuário. E com um doutorando (que palavra, meu Deus!) que veio aqui com grande reverência para entrevistá-lo e conseguir dados pessoais e documentos críticos que pudessem enriquecer sua tese: *Fernando Ramiro: Rigor e forma*. E como rio agora ao pensar e escrever que esse rigor e forma se refletiam, então, no meu ajoelhar-se diante de um pau duro como um ídolo, naquele ambiente tão ascético. Como no ritual que praticamos, eu e você, durante algum tempo do nosso casamento e que considerávamos exclusivamente nosso. E que, pelo menos eu, tentei renovar ao vir para este apartamento e nos casarmos segundo os ritos civis. Mas agora, pensando bem, pondo para fora imagens que eu tentava evitar em minha mente, com quantas vagabundas você já não terá realizado este cerimonial? Que não se ofendam tanto as mulherzinhas, pois é com imenso prazer que encho a boca para dizer que me considero também uma delas, vagabundas, e, como isso me deixa livre, basta ver o que descrevo nestas linhas que tanto me excitam, muito mais do que os atos nela descritos, à parte o que representam, lógico.

Quanto ao jovem, também não é preciso mais do que os rudimentos de uma psicologia rasteira para saber que a enormidade e consistência do seu tesão — que te fariam inveja, Fernando — não tinham apenas a ver comigo, apesar, modéstia à parte, das formas ainda firmes do meu corpo, que, seguindo os ditames do nosso egoísmo, Fernando, não gerou filhos. E também não apenas porque, ainda esquecendo toda a modéstia, eu chupo muito bem. O que dirão desta frase tão lapidar os membros da Academia Brasileira de Letras, que você, usando a tática astuciosa do silêncio, procura conquistar, de modo que sua entrada naquela agremiação se dê por um apelo de seus futuros pares, e não como aspiração sua? E não esqueci não, Fernando, da noite em que você, ligeiramente embriagado, gracejou comigo, inventando um título deliberadamente ambíguo para uma matéria jornalística sobre sua entrada na Academia: *Com Fernando Ramiro o novo penetra na Casa de Machado de Assis*. Mas esqueceu que o tempo passou e você já tem sessenta anos? E, depois de tal escândalo aqui, tal convite ainda virá?

Mas, voltando ao jovem, o verdadeiro incêndio da sua libido, a partir de determinado momento, que o teria levado a gozar na minha boca, não a retirasse eu logo, pois, para ser sincera, a engolir alguma coisa, eu preferia que continuasse a ser champanhe e também não o queria ver lasso, pois o reservava para coisinhas mais — sim, o verdadeiro incêndio do seu desejo vinha, principalmente e sobretudo no começo, quando ele teve de vencer a timidez e relutância, pelo fato de eu ser sua mulher, de estar penetrando num segredo íntimo seu. Então você estava ali conosco, meu maridinho.

Aqui é preciso explicar que você mesmo pediu que eu me desculpasse com o jovem — pois não tínhamos seus números de telefone — e o entretivesse (ah, ah, ah), servindo-lhe algo e mostrando-lhe o material crítico mais raro, que aliás eu própria havia preparado, cumprindo uma função de lhe secretariar, o que faço há anos, juntamente com a de tomar conta de seus contratos, o que me deixa à vontade para usar uma parte do seu dinheiro, complementando meus ganhos com trabalhos de tradução.

Você foi chamado à televisão, no fim de tarde, conforme me disse, para assistir em sessão privada aos quatro últimos capítulos da minissérie *Angélica*, livremente adaptada de seu romance *Pauta dos anjos*, que recebeu prêmios e muitas críticas favoráveis, destacando, entre outros tópicos, *os contornos melódicos da sua prosa, criando um poema sinfônico erótico que, em suas formas puras, em nenhum momento cai no mau gosto ou sequer beira a pornografia*. Na verdade, trata-se de um livro muito chato, o que quase ninguém ousou dizer, toda essa história, bem pouco original, de um pintor em declínio que de repente encontra uma jovem — Angélica, o anjo — que transforma sua vida e sua pintura, que abandona um formalismo abstrato e superado para voltar a um figurativismo espiritualizado. Curioso que história tão pueril e enfadonha houvesse vendido bem, apesar de suas pretensões formais, que nada mais eram do que um rebuscamento maior de sua linguagem.

Mas houve quem não caísse neste conto, uns dois resenhistas de São Paulo, um deles escrevendo que *aquilo que em Fernando Ramiro servia, a princípio, para enxugar a linguagem de adornos, foi se transformando, aos poucos, em virtuosismo e autocomplacência, enfeixando uma história em que a pieguice dá as cartas*.

Te conheço bem, Fernando, sei que cada crítica negativa cai em você como uma estocada, e essa aparente generosidade de receber estudantes, contribuindo para o bom andamento de suas teses, se deve a um desejo de ter um pé bem firmado na universidade.

De alguns poucos capítulos que vi até agora da minissérie, apenas para poder comentá-la com você, que felizmente não me vigiava — ou talvez por simples crueldade — já que tem ido a gravações e conferido com seus amigos a montagem, depois esticado a noite com eles, ficou evidente — como te disse com tato e ficou parecendo um elogio ao livro — que os roteiristas transformaram teu romance em algo mais palatável, pois, apesar de ir ao ar às dez e meia da noite, aspira a índices de audiência e a venda de espaços comerciais. E o teu lirismo neste livro permitiu que eles ousassem, você mesmo me contou, exibir cenas de nudez com alguma audácia, e a divulgação da emissora já apregoa que é a grande arte chegando à TV, como não acontecia desde *Grande sertão: Veredas*.

Eu já sabia há um bom tempo, Fernando, que você não era mais o mesmo, e acho até natural o declínio no ser humano, é a lei, mas fiquei impressionada com a euforia a que um sucesso maior de público te levou, com o modo como você aceitou a corte daquela gente de televisão e se jogou nos braços dela.

E, falando nas cenas de nudez, talvez um bom número dos meus agora leitores se lembre de uma declaração sua a um desses cadernos de cultura, acompanhada de uma espécie de poesia — uma poesia envergonhada, em que você destaca as formas no sentido do corpo e formal — da jovem atriz de dezenove anos que faz o papel de Angélica. E a esta altura já corriam soltas as insinuações de que vocês estavam tendo um caso.

Não condeno e acho até muito natural que a moça se deixe seduzir pelo cultuado escritor maduro e vice-versa, apesar de todos os equívocos contidos nessa atração, quando o acaso de um trabalho os pôs no caminho um do outro. Chega a ser um clichê e terá sua duração. Nem condeno que apareçam em público, considero a vaidade um dos traços essenciais do ser humano, e um casal como vocês tem mais é de aparecer. Nunca fomos modelos de virtude e, depois dos primeiros tempos apaixonados, tivemos nossos casos, e isso ajudava a aumentar o tesão de um pelo outro. Aliás, há quanto tempo não dormimos no mesmo quarto, e gozamos de toda a liberdade? Mas agora a pergunta incômoda: e eu? Evidentemente que a alguns repórteres cretinos, que tentaram entrar em contato comigo, a pretexto da minissérie, mas chegando, ainda que disfarçadamente, a nós dois, recusei dar uma palavra que fosse. *Telefonem para ele, isso é assunto dele.* Mas você não devia ter tocado no meu nome, ter dito, por exemplo, aquilo. *Entramos numa fase em que temos uma profunda afeição e companheirismo, além de uma estreita relação intelectual, em que o sexo não tem mais tanta importância.*

Não tem mesmo. Mas você dizer, na mesma matéria, que se sente rejuvenescido aos sessenta anos, enquanto a repórter, com sua crueldade, informava que eu tinha quarenta e oito, é pedir que eu reaja. Mas talvez eu não reagisse, apesar de tudo, com tanta virulência, não fosse o modo como as peças foram se encaixando no jogo. Não fosse a oportunidade. Você estava pedindo, Fernando Ramiro, mas não planejei nada, as coisas foram se sucedendo e minha resposta veio aos poucos, em atos e palavras. Uns três tapas que dei num baseado e, mais tarde, a champanhe me deixaram mais espontânea. E foi você mesmo que pediu que eu *entretivesse* o visitante, entregasse-lhe o material a que até agora não tivera acesso, anotasse seus números de telefone para que você ligasse depois para ele. E eu cumpria meu papel de esposa e secretária e sabia muito bem que, naquele momento em que alguns o acusavam de ter se rendido à TV, uma nova tese de doutorado vinha mesmo a calhar, unindo o presente ao seu passado irretocável de escritor sério, com as virtudes e defeitos que tal palavra encerra.

Então nada mais fiz do que deixar os canapés prontos para assar no forno, as latas de cerveja e refrigerante na geladeira, onde havia também, como sempre, uma garrafa de champanhe, minha bebida favorita, como você bem sabe, além de uma de vinho branco. E fui tomar o meu banho. Não me enfeitei muito, apenas me pintei, pus uns brincos e meu vestido amarelo, alegre, curto e folgado. E gostei de minha imagem no espelho, a pele morena em contraste com a cor do vestido.

É certo que meu comportamento pode ter sido influenciado pelo fumo. As pessoas poderão perguntar: por que você fumou parte de um baseado antes de o estudante chegar? Primeiro de tudo, porque gosto, sou uma daquelas mulheres dos anos oitenta para quem queimar um fuminho é um ato muito natural, ainda mais quando você não está por perto para dizer que é um vício adolescente. Mas não quero ficar irada, Fernando. Detesto isso, uma mulher queixosa.

Aquele fumo, o capetinha escondido nele, me provocou um ataque de jovialidade. E, ao dar o terceiro tapa, ouvi o toque no interfone e prendi a fumaça em meus pulmões. Depois a soltei, para falar ao porteiro para deixar o estudante subir. Corri de volta até o quarto, abri bem a janela para diluir o cheiro de maconha e fui abrir a porta para o jovem.

Em que momento desperta a serpente dentro de uma mulher? Já estava ela à espreita e apenas tive consciência disso depois? Ou foi a figura de José Luís que fez essa serpente rastejar até a curva onde poderia desferir seu bote? Ou por que haviam pisado onde não deviam, em seu território?

José Luís era um jovem razoavelmente bonito, magro, um tanto pálido e, talvez pelo que fora fazer ali, eu diria que estava trabalhando e estudando muito, ultimamente. Seus cabelos eram cortados curtinho, o que lhe dava uma aparência muito simpática, e suas roupas eram comuns, de estudante. Calça jeans e uma camiseta branca, que lhe caíam bem, e nos pés uma sandália. Eu diria até que José Luís era um rapaz atraente, para uma moça da sua faixa etária, ou mesmo para uma mulher da minha idade que apreciasse homens mais jovens, o que não era, a não ser excepcionalmente, o meu caso, afirmação que pode parecer risível, diante de tudo o que aconteceu depois.

Tratei José Luís de jovem e de rapaz, e não de homem, porque esta é a impressão que transmite um estudante, passando da graduação para o mestrado e daí para o doutorado, vivendo de uma bolsa de estudos e ainda se submetendo a morar na casa dos pais, embora tivesse uma namorada firme estudando na mesma faculdade que ele. Um homem e uma mulher de letras, ele mesmo gracejou, e essas foram informações que logo obtive, mostrando um interesse gentil por ele.

A impressão de juventude vinha ainda do tamanho do respeito que ele dedicava a você, Fernando, trazendo numa bolsa livros seus para pedir autógrafo, uma câmara digital e um gravador. Mais ainda o fato de ele ter se mostrado tão decepcionado depois que pedi que se sentasse e lhe disse que, infelizmente, você não poderia vê-lo naquela tarde, explicando-lhe o chamado da televisão.

"Nesse caso, senhora, é melhor eu voltar outro dia."

"Por favor", eu lhe disse, irritada com o tratamento de senhora. "Me trate de você. E Fernando ficaria muito ofendido se não recebesse o material que preparamos e não aceitasse nossa hospitalidade. Há champanhe, vinho branco e cerveja na geladeira. O que você prefere?", eu disse, sem deixar-lhe a alternativa de ir embora.

"Aceitaria uma taça de vinho, obrigado."

Enquanto eu me levantava para ir à cozinha, disse:

"Você há de compreender que ele foi chamado à TV para ver a finalização da série *Angélica*. Talvez você esteja assistindo, não?"

"Sim, claro."

"Está gostando?"

"Acho um salto, um divisor de águas na TV."

"Então não fique aborrecido, pois você conseguirá de mim já alguma coisa que o levará a conhecer melhor Fernando Ramiro."

Aí eu já estava sendo cínica e percebi que havia dentro de mim intenções dúbias. Disse ao jovem que esperasse um pouco enquanto eu ia até a cozinha ultimar uns preparativos. E de fato fui até lá e pedi a Mercês, nossa empregada, que tirasse os canapés do forno e enchesse os baldes com gelo, enquanto eu própria abria as garrafas de vinho e de champanhe.

Ali na sala, enquanto bebericávamos e comíamos canapés, apresentei o material a José Luís, dizendo-lhe que você nos autorizava a emprestar-lhe o que precisasse, para xerocar ou escanear, com o compromisso de devolver em dois ou três dias. Durante uns trinta minutos, esperei que José Luís, com olhar e murmúrios de devoção mergulhasse em peças do seu acervo, Fernando, separando, principalmente, aquilo que seria mais difícil conseguir, pois o material possível — de jornais, revistas, teses — o aluno aplicado já conseguira por contra própria. José Luís foi ao toalete e, quando voltou, aproveitei para fazer o convite irrecusável.

"Não quer subir ao andar de cima do apartamento para ver a biblioteca e o local onde Fernando trabalha?"

O rosto dele se iluminou:

"Oh, sim, por favor."

"Podemos levar nossas taças", sugeri, mas ele falou que queria estar bem atento, tomar notas, gravar, tirar fotografias, se eu autorizasse. "Faça tudo o que você quiser", eu ri de novo, cinicamente. Estava alegre com a champanhe. "Credo, garoto, esse negócio de visita guiada me faz pensar em museu; o museu Fernando Ramiro." Ri outra vez. Estava um pouquinho alta e me servi de um pouco mais de champanhe, pois minha taça eu ia levar.

"Então comecemos pelo quarto de dormir", eu disse. "Não há nada que evoque tanto a vida numa casa do que o quarto de dormir."

A essa altura subíamos a escada e usei um golpe baixo. Como, naturalmente, ele punha uma das mãos no corrimão, por um instante esfreguei como que distraída a minha boceta — eis a palavra proibida — em sua mão, fingindo que nem percebera esse contato, esse golpe usado por mulheres até numa recepção do Itamaraty, fazer escorregar, falsamente distraídas, a xoxota na mão de um homem que lhes interessa. Com o fumo, eu ria dos meus próprios pensamentos.

Ao chegar lá em cima, puxei-o pela mão até o quarto de frente para o mar, com a cama de casal e, depositando a taça na penteadeira, me joguei na cama e dei dois pulos como uma menininha, e logo já me levantava e, apontando lá para fora, disse:

"Que tal a vista?"

"Maravilhosa", ele disse. "E deve ser altamente inspiradora."

Foi quando contei a José Luís como sugeri a você que ficasse com aquele quarto como seu escritório. Um quarto bastante grande para caber nele os móveis e apetrechos para o trabalho. Era ainda um tempo em que você usava máquina de escrever, pois demorou a aderir ao computador, o que exigia toda aquela tralha de papel, fitas, carbono, mesa e gavetas. Havia também espaço para um sofá e para abrigar estantes com parte dos seus livros. Foi no tempo em que resolvemos nos casar, morar juntos, e você comprou o apartamento.

Eu quis oferecer-lhe, principalmente, a vista deslumbrante aqui neste nono e último andar da Atlântica. A vista para o mar e a ilha lá adiante, eu disse a você, e as duas pontas da praia, o cheiro da maresia, um navio ou outro que passasse, apontando como tudo isso poderia inspirá-lo. E pensar ainda nos crepúsculos e noites de Copacabana. Apesar do desgaste natural do tempo de relacionamento em casas separadas, eu pensava numa renovação de nossas vidas.

Estávamos no apartamento vazio decidindo essas coisas, virei meu olhar para você e, nossa, como percebi que ainda o conhecia pouco. O olhar que você me lançou era frio e cheio de desprezo, como se eu fosse a mais burguesinha das mulheres. Quando começou a falar, o mais assustador era como sua voz saía baixa e cheia de crueldade para comigo. E você me disse que suas paisagens eram todas interiores e, quanto menos houvesse do mundo exterior para dispersá-lo, melhor. E que talvez não tivesse sido uma ideia tão boa assim comprar um apartamento na praia e viver como casados. E que lá mesmo em Botafogo, no apartamento alugado, você escreveu uma história passada num navio. Não num transatlântico, como inúmeros de seus leitores devem saber, mas num cargueiro com luzes mortiças, transportando alguns passageiros, trafegando numa noite quase indevassável de neblina. Como num palco, só os figurantes essenciais, em certo momento dançando uma valsa jazzística de negros. E no leitor a sensação de que poderá ocorrer uma catástrofe. No entanto, nada ocorre, a não ser uma literatura límpida, pouco importa que em seu apartamento você esbravejasse com raiva das dificuldades da escrita. E posso dizer que eu o respeitava mais. E visivelmente tudo isso estava interessando José Luís, ajudando-o na mensuração do que custa o rigor. E, para mim, havia a vantagem de que eu não era obrigada a partilhar esse rigor. Como, aliás, partilhei por pouco tempo com você a cama de casal no quarto com a vista espetacular. O quarto que acabou ficando só para mim.

Mas, voltando ao tempo presente, eu já tinha em mente que alguma coisa ocorreria entre mim e José Luís, embora ainda não estivesse certa de toda a minha audácia.

Acabei deixando minha taça sobre a escrivaninha, passamos eu e o doutorando pelo quarto que acabou servindo apenas para abrigar livros, mas me causava aborrecimento examiná-los. Aliás, eu vivo no meio de livros. E fui logo explicando que o computador que se encontra naquele quarto era meu e que nada de interessante estava gravado ali.

Saímos então dali, segurei a mão de José Luís e pedi-lhe, rindo, que fechasse os olhos, que agora vinha a grande atração. Eu mesma passei uma das mãos em seu rosto, certificando-me de que seus olhos estavam cerrados, e fiz com que ele me seguisse por uns seis, sete passos. Quando já estávamos no centro do seu quarto, Fernando, eu disse: "Pode abrir".

Curioso que eu mostrando o quarto a José Luís foi como uma novidade também para mim. O ambiente absolutamente despojado, o computador com sua mesinha no meio do aposento, ao lado de outra mesa para abrigar a impressora e os apetrechos necessários para você trabalhar. E a cadeira com um design dos mais modernos, mas sem exibicionismo.

Há um bom espaço livre naquele quarto, como se indicando ao escritor um estilo econômico e ao seu habitante um modo de viver, com uma cama de solteiro, com lençóis de linho, duas almofadas e travesseiro. No chão, mais uma almofada, perto do computador. E ainda um sofá de tamanho médio e uma poltrona velha, convidativa para a leitura e a reflexão.

Mas talvez o que mais chamasse a atenção de um visitante

como José Luís, mesmo que ele não se desse conta disso, era a nudez das paredes brancas e bem pintadas, como se qualquer quadro fosse uma distração indesejável para o escritor.

"Como pode ver", eu disse ao doutorando, "é quase ascético, monástico, embora ele sempre tenha gostado de sair nos fins de tarde e na noite de Copacabana. Quanto à almofada no chão, é que Fernando gosta de meditar acomodado sobre ela, e creio até que, pelo menos em determinado momento de sua carreira, e isso mais em Botafogo, o sacrifício do corpo era indispensável à disciplina da mente. Creio até que ele reza à sua maneira." Sorri.

"A senhora... você acredita mesmo nisso?"

"Por que não? Já o vi de joelhos na almofada e sentado nos calcanhares. Veja como."

E me acomodei de fato naquela posição, os joelhos na almofada, as nádegas nos calcanhares, numa posição que se poderia dizer oriental.

"Chegue mais perto", eu disse a José Luís. Como ele o fizesse ainda timidamente, falei: "Mais ainda".

E ele chegou. Chegou a uma distância em que eu podia tocar os botões em sua calça. Eu me ajoelhei ainda mais. Até aquele momento ele agia como se não percebesse que eu o assediava. Mas quando desafivelei seu cinto, Fernando, não havia como prolongar a farsa. Foi quando, passando os dois braços em torno de suas pernas, estiquei a mão direita e liguei o computador.

"Não sei se devemos, Maria Antônia."

Dei uma risada artificial e coloquei de novo as mãos em sua calça.

"Ligar o computador de Fernando? Não é interessante mexer no seu instrumento de trabalho?"

"Não, você deve saber que não é a isso que estou me referindo. Não é uma traição?"

"Não me faça rir, rapaz. Falar em traição entre mim e Fernando. Somos um casal ligado pela amizade. Temos uma relação de espírito e profissional, em que o sexo já não tem importância. Você não leu uma entrevista dele sobre isso?" Eu ria cada vez mais.

"A traição é minha, Maria Antônia. Eu estaria faltando à confiança dele, que fez com que você me recebesse."

A essa altura, Fernando, eu me sentia ofendida também por ele, que parecia me recusar. Mas baixei sua calça e ficou claro que José Luís estava excitado, pois seu pau estava completamente duro. E, antes que ele tivesse mais algum argumento a opor ao nosso ato, pus seu pau em minha boca com toda a suavidade possível. Aí José Luís começou a respirar mais forte, colocou suas mãos em meus ombros e fez com que seu pau entrasse fundo. Chupei-o por certo tempo e depois afastei a minha boca não só porque temia que o jovem gozasse nela, coisa que raras vezes eu de fato quis em minha vida, Fernando, inclusive com você, ou porque aquela posição de joelhos me incomodava e eu queria falar. Levantei-me, fiz com que o rapaz se desembaraçasse de toda a roupa e tirei pela cabeça meu vestido. Com ele, forrei a cama e empurrei José Luís para cair sobre ela. Enquanto tirava minha calcinha, brinquei: "Ai está você, rapaz, como um discípulo sacrílego, deitado na cama do seu mestre".

Antes que o rapaz pudesse arrepender-se, pulei nua sobre ele e sentei-me em suas pernas, fazendo com que seu pau roçasse minha boceta (ah, a palavra estigmatizada, sempre ela). Mas queria retardar o gozo de José Luís para dizer-lhe outras coisas importantes, e também para você, meu marido, e para os demais leitores que me derem o prazer.

Para todos vocês, escrevo que, quando ajoelhada aos pés de José Luís, não pude deixar de lembrar-me das vezes em que foi assim com você, Fernando, ora eu, ora você, ajoelhados. E brincávamos que aquela prática era deveras espiritual, uma verdadeira comunhão. E agora, ali na sua cama egoísta, Fernando, eu dizia ao doutorando que, assim, no leito do escritor e fodendo sua mulher, ele conhecia muito mais de você que num livro ou numa palestra; experimentava suas posses mais íntimas, como se ele fosse você, Fernando. Mas teria coragem de expor isso em sua tese, em um capítulo que poderia chamar *ménage à trois*, para não dizer suruba? Pois me comendo, ou eu o comendo, havia três naquela cama: Fernando Ramiro, Maria Antônia e José Luís, cada um experimentando a carne e o espírito dos outros dois.

Escrevo que pedi a José Luís, em busca de um enorme prazer:

"Diga que sou uma puta."

"Que é isso, Maria Antônia?"

"Diga, senão vou escapulir."

E ele disse, sim, como não disse, embora meio hesitante:

"Você é uma puta."

Fiz então que ele penetrasse fundo e lhe disse:

"Uma vagabunda, sem vergonha."

Quase gozando, ele repetiu, arfante:

"Você é uma vagabunda sem vergonha."

"E Fernando Ramiro é um corno."

Nisso o rapaz hesitou, mas ele estava quase gozando e eu fiz com que saísse de mim e repeti: "Vamos, diga: Fernando Ramiro é um corno".

"E Fernando Ramiro é um corno", o rapaz disse, com a voz trêmula.

De resto, não há muito o que contar, a não ser que o rapaz gozou, eu gozei e caiu sobre nós o silêncio, até que eu disse:

"É melhor você se arrumar, porque Fernando pode chegar a qualquer momento."

Era mentira, eu sabia que você, Fernando, não viria tão cedo. Mas eu estava enfarada da presença do rapaz, uma vez que as coisas haviam chegado a seu termo. E ele começou a catar com afobação suas roupas, enquanto eu fazia o mesmo, calmamente, com um sorriso nos lábios.

Até que o rapaz ficou pronto e disse:

"E o material que você ia me dar? Posso levar?"

"Depois do que aconteceu aqui ainda haverá tese?"

O rapaz agora estava visivelmente nervoso.

"Sim, a tese, ela foi aceita pelo meu orientador, que já leu uma parte."

"Bem você é quem sabe. Mas não se esqueça de que deve acrescentar o que se passou aqui hoje".

"Senhora, eu não posso fazer isso." Ele voltou ao tratamento cerimonioso.

"Bem, não tem importância", eu disse, pois desta parte me encarregarei eu. Descemos então e entreguei-lhe os envelopes e as pastas com o material. Ele os pegou e, ao sair, beijou-me as duas faces, com um ar perplexo. Um ar de quem não sabia se sua tese poderia ter algum sentido. Se sua tese poderia ainda ser escrita.

Ao fechar a porta do apartamento, não é que eu tivesse algum arrependimento pelo que acontecera, tanto é que está tudo aqui transcrito. Mas senti uma solidão tremenda e a única coisa que podia fazer para sair dela era começar a escrever imediatamente estas páginas. Essas páginas que aí estão e, antes que eu possa hesitar em torná-las públicas, dou o comando no computador para que se espraiem no espaço.

Maria Antônia

# 7. As antenas da raça

Os jantares da embaixatriz Berenice Azambuja eram finos e concorridos, apesar de o embaixador já estar aposentado, após apresentar inquietantes brancos de memória, que logo levaram à suspeita de um início de mal de Alzheimer. E o exercício da função se tornou insustentável quando o diplomata não conseguiu lembrar-se de sua assinatura, que deveria figurar num contrato de cooperação energética entre o Brasil e o Turzequistão, país em que servia. Depois de algum tempo segurando com mão fechada a caneta, ele escreveu no papel o garrancho *kcuf*, para constrangimento do próprio presidente brasileiro e de seu ministro das Relações Exteriores, na presença do secretário-geral do Partido Comunista do Turzequistão e de sua alteza imperial Bordi VI, imperador daquele país.

Pois o regime do Turzequistão era uma ditadura de partido único comunista, com uma grande abertura para o capital externo, e monarquista, uma vez que os dirigentes revolucionários houveram por bem, por uma questão estratégica, manter em seu cargo o imperador, de uma dinastia milenar respeitadíssima pelo povo. Toleravam ainda a religião filosófica de origem taoista, pois mantinha a população feliz com seu quinhão de sorte e gratificada com seu trabalho mal remunerado, em muitos casos na fabricação de produtos eletroeletrônicos, em empresas com capital multinacional.

Os jogos eletrônicos do Turzequistão eram apreciados no mundo inteiro, pois ofereciam não apenas as lutas e construções de impérios e civilizações, com sofisticadíssimas alianças políticas, de que o próprio país era um modelo, como jogos mais subjetivos. Na verdade, seu regime era único, contando com a simpatia da China, pois o que todos temiam, a princípio, era a imposição pela força da democracia de Bush, ameaça praticamente extinta com a entrada de capital norte-americano no país.

Mas talvez o jogo mais sofisticado fosse o da luta entre deuses e demônios travada em uma mente que o jogador identificava como sua. Para a fabricação desses jogos, cérebros eram importados do Japão e, no que toca à espiritualidade contida neles, do vizinho Curzequistão. Enfim, em tudo em que entravam a metafísica e o espírito, como teorias e práticas filosóficas e religiosas, plantas medicinais e arte, o Turzequistão e o Curzequistão eram êmulos, os polos de onde essas coisas verdadeiramente irradiavam.

Politicamente, o Curzequistão tinha um quê de teocracia, mas gentil, porque taoista. E, militarmente, era tão frágil que qualquer país poderia dominá-lo, então as grandes potências resolveram transformá-lo num protetorado, em tese do Turzequistão, mas este, por sua vez, vivia sob proteção forte da China aliada a países ocidentais, estados com empresas solidamente instaladas em território turzequistanês.

Num contexto desses, era natural que o médico mais conceituado do país fosse o dr. Jawadal Varma, insigne mestre do curzo-taoismo e clínico da própria família imperial e dos mais altos quadros do PC e do mundo diplomático, conhecedor profundo da medicina e psicologia orientais e ainda com pós-graduação na Universidade de Princeton, nos Estados Unidos. E Varma, médico do casal Azambuja, não deixou de reconhecer o Alzheimer impeditivo de que Saulo continuasse a satisfazer às exigências do seu cargo, mas também, visto por outro prisma, era uma abertura para os abismos do espírito e do inconsciente.

Chamado então de volta e aposentado o embaixador, voltou o casal a residir em seu apartamento com dois andares e um terraço, na avenida Atlântica, em Copacabana, Rio de Janeiro, onde a embaixatriz continuou a fazer jus à sua fama de exímia anfitriã, pois o convívio social era o que a consolava do golpe adverso do destino. E foi dentro desse espírito que ela ofereceu o jantar daquela noite para convidados seletos do mundo da diplomacia, da cultura e da política.

Antes do prato principal, vitela à francesa, foi servida uma sopa de ervas finas do Turzequistão, que eram cultivadas no jardim do terraço do apartamento, onde também foi plantada uma muda de papoula, de cuja flor o cozinheiro retirava um pó que, em pequenas pitadas, dava à sopa um sabor todo especial e provocava certo bem-estar nos que a consumiam. Além de servir vinho, Berenice gostava de ter à mesa, sempre à mão, em seus jantares, uma garrafa do uísque Seven Crown e um recipiente com gelo, para satisfazer aqueles que, como ela, sofriam de um alcoolismo moderado, tão comum no mundo diplomático.

Naturalmente, o embaixador fora mantido fora de cena, num quarto afastado no andar de baixo, aos cuidados da jovem enfermeira da noite, que revezava com outra, que fazia o trabalho durante o dia.

O jantar transcorria no melhor dos mundos, com conversas inteligentes e espirituosas, risos cristalinos, em mesas mais ou menos compridas, cujas cabeceiras foram dispostas umas contra as outras, como num jogo de dominó, de modo a propiciar uma aproximação variada entre os convidados. Um embaixador aposentado acabara de fazer um comentário muito apropriado: que jantares como aquele sempre lhe traziam à mente os livros de Proust. O assunto ainda não morrera quando o comendador Soares, vizinho de mesa de Berenice Azambuja, aproximou sua boca do ouvido da embaixatriz, para fazer-lhe um comentário confidencial. Sim, em pleno século XXI, no Rio de Janeiro, ainda havia quem fosse chamado carinhosamente de comendador, aquele homem de setenta anos, aposentado do Itamaraty, que ao deixar seu último posto na Eurotrácia fora agraciado com uma importante comenda daquela nação.

"Há uma barata na sua sopa, embaixatriz", segredou o comendador, ajustando seus óculos e fixando o prato de Berenice.

Por mais que Berenice já houvesse passado por situações sociais delicadas, uma barata em sua sopa, num jantar fino, era demais para uma anfitriã. E tão mais absurda seria tal aparição porque o apartamento passara, havia seis meses, por uma dedetização completa.

Mas a embaixatriz olhou para o prato e não havia dúvida: lá estava, embebida na sopa de ervas, que já descera a um nível bastante baixo do prato, uma barata. E Berenice pôde ver as formas geométricas no dorso do inseto, que caracterizavam as baratas do Turzequistão. Essas formas, mais ou menos nítidas e variando um pouco de barata para barata, podiam ser interpretadas como trigramas e hexagramas do i ching — e alguns intérpretes respeitados viviam se debruçando sobre elas —, ou uma antecipação do neoplasticismo, mais especificamente Mondrian. Houve até um crítico de arte britânico que levantou a questão se Mondrian não se inspirara nelas para chegar à sua geometria sensível.

Mas, quanto ao indivíduo e não à espécie, aquela barata só podia ter vindo nos contêineres que chegaram do Turzequistão, tempos depois da vinda do casal, trazendo seus objetos pessoais, a menos que já houvesse exemplares da espécie no Brasil. Porém, o que interessava isso à Berenice, que via em jogo sua reputação? E a embaixatriz só tinha uma saída, que precisava ser rápida. Com uma colherada da sopa deliciosa, sorveu decididamente a barata, para não ter de mastigá-la. Depois deu dois longos goles do uísque Seven Crown, na esperança de liquidar rapidamente o inseto em suas entranhas. E ralhou com o comendador Soares, bem baixinho:

"Barata? O senhor precisa mudar as lentes de seus óculos, ou então ir com urgência ao neurologista. Veja o exemplo de meu marido."

"É que por instantes me pareceu nitidamente...", disse o comendador, empalidecendo.

"Pareceu, pareceu, o senhor bem disse", falou a embaixatriz, já mais animada com o Seven Crown. E, aproveitando o mote do ortóptero, tentou distrair o comendador, elevando um pouco a voz para ser ouvida por outros convivas que houvessem escutado aquela menção repugnante à barata. "Imagine, senhor comendador, que na Tauritânia, onde Saulo também serviu, uma das mais finas iguarias eram cabeças da aranha *arac* servidas em palitos de prata. Dizem os tauritaneses que fortifica a mente, o que, pelo menos no caso de Saulo, que tantas vezes provou a iguaria, infelizmente não se revelou uma verdade. Mas, quanto ao gosto, vou lhe contar, não tenho a menor noção do que sabem tais iguarias, pois nas poucas vezes em que pus uma na boca, para não fazer desfeita, tomava um gole de Seven Crown, já que eu sempre fazia avisar aos que nos recepcionavam que teria muito gosto se colocassem uma garrafa deste uísque à minha frente."

Enquanto ia tagarelando, Berenice fizera um sinal ao garçom para que retirasse os pratos de sopa, talvez um pouco cedo, mas ela não queria correr riscos. E uma vibração quase visível de alegria pairou sobre as mesas quando se começou a servir a vitela. Quanto ao comendador, que se mostrava um pouco melancólico, Berenice o consolou, dizendo que não ficasse triste com seu engano, e confidenciou-lhe, pedindo segredo, a adição de pitadas mínimas de opiáceo à sopa e ao molho da carne.

"É o que dá morar em países exóticos", acrescentou ela.

E, assim, apesar daquele percalço ameaçador, transcorreu com grande brilho o jantar de Berenice Azambuja, em que a embaixatriz se destacou na conversação mais do que qualquer conviva, talvez pela dose generosa de Seven Crown, fazendo com que o incidente com o ortóptero lhe parecesse agora quase uma alucinação. E os temas à mesa escorregaram, naturalmente, dos bons livros e da boa pintura à crise político-militar no Oriente Médio; das divindades da astrologia tântrica às mulheres como governantes. Lá pelas tantas, Berenice falou:

"Vejam vocês, eu que estive nos mais perdidos rincões do planeta nunca fui a Paris, nem a passeio, e agora não quero ir mais, pois Paris só tem graça quando se está amando e sendo amada."

Findo o jantar e já tendo ido embora os convidados, os garçons e o cozinheiro contratados, deixando a sala e as dependências de serviço limpas e arrumadas, Berenice resolveu passar pelo quarto de Saulo para verificar se estava tudo em ordem. Eudora, a nova enfermeira da noite, era uma negra muito bonita, e Berenice queria saber se ela estava se saindo a contento com seu paciente.

Caminhando o mais silenciosamente que podia, para não

acordar Saulo ou Eudora se estivessem dormindo, aproximou-se do quarto e, de repente, deu com uma cena que fez seu coração bater forte por sua beleza e, pode-se dizer, erotismo. Eudora, que era uma mulher de um metro e oitenta, toda vestida de branco, penteava seus cabelos diante de um espelho, como uma distração para passar o tempo, talvez. Porém, o mais inusitado é que os botões de sua blusa estavam abertos e seus seios magníficos estavam à mostra.

Sentado numa poltrona, os olhos de Saulo se fixavam na enfermeira, e ele todo era quietude e atenção, sem que se pudesse dizer, diante de sua doença, que compreendia tudo o que se passava, mas Berenice era capaz de jurar que a mente dele estava em algum lugar da Ismaília, país da África oriental onde havia servido, terra de homens e mulheres muito bonitos, e onde Saulo havia tido dois ou três casos, à época Berenice teve certeza, conformada.

E houve um instante em que Eudora percebeu pelo espelho a figura de Berenice à porta, deu um pequeno grito e recompôs depressa o seu uniforme.

"Senhora, eu posso explicar."

"Não, não precisa, Eudora", disse Berenice.

Mas Eudora insistiu:

"Mas eu gostaria de dizer, senhora, que o embaixador se sente muito calmo quando me vê assim. E achei que, se era bom para ele, por que não fazer? Desculpe-me se a ofendi, senhora. E não quero que nada fique escondido. Às vezes ele me toca muito de leve."

"Não, não me ofende. Mas há algo que você ignora."

"A senhora não poderia me contar?"

Sentaram-se as duas na cama e, diante de um Saulo que agora parecia alheio, Berenice contou à enfermeira sobre a temporada deles na Ismaília, país africano onde costumes tribais consideravam com a maior naturalidade mulheres mostrarem os seios. Saulo se encantava com elas.

"E você, Eudora, não faria má figura diante daquela gente. Você é muito bonita, querida. Continuarei a vir aqui, claro, mas não me intrometerei entre vocês."

Berenice ergueu-se rápido, no que foi acompanhada por Eudora. E, ligeiramente ébria, a embaixatriz não resistiu à tentação de dar um abraço forte e carinhoso na outra. E depois voltou o rosto na direção de Saulo, pensou se devia beijá-lo no rosto ou não, decidindo-se por não fazer isso, como se o beijo fosse uma intrusão por parte dela, pois ele não dava sinais de reconhecê-la. Mas, para grande surpresa sua, Saulo disse:

"Você está com a auréola da morte."

"O que foi que você disse?", ela perguntou, estremecendo, assustada.

Mas Saulo nada mais disse, apenas tornou a olhar na direção de Eudora, talvez esperando algum gesto dela. E Berenice saiu decididamente do quarto.

Antes de subir para seu quarto, Berenice passou pela cozinha e abriu a geladeira para tomar um pouco de água gelada. Tomou um copo inteiro e, dentro da geladeira, viu uma terrina com um restante da sopa de ervas finas. Diante disso, não pôde deixar de pensar, com um arrepio de horror, no incidente da barata. Pensou em levar água para o quarto, para tomar um sonífero que guardava lá, dormir logo e esquecer-se do incidente. Mas depois pensou que a mistura do álcool com o sonífero poderia ter efeitos imprevisíveis. Mas não resistiu a pegar no armário uma garrafa de Seven Crown, pela metade, e pôr numa cesta. Tirou gelo do congelador, colocou-o num balde; pegou também um recipiente fechado com água e guardou tudo na cesta, que levou para o quarto. Se por acaso tivesse insônia, beberia um pouco mais de álcool.

Berenice foi ao banheiro, depois despiu-se e colocou um pijama leve, azul, deitou-se na cama e pegou o livro que estava lendo: *Três mulheres*, do austríaco Robert Musil.

Berenice ainda estava na primeira das três novelas, intitulada "Grigia", que ela estava apreciando muito e anunciava um final trágico, principalmente para o personagem masculino, chamado simplesmente Homo, que se afastara da mulher e do filho pequeno e fora trabalhar como geólogo na reabertura das minas de ouro em determinado vale.

A novela era uma história de amor muito forte, em que duas pessoas conseguem se comunicar sobretudo carnalmente, e o primeiro encontro entre Homo e a camponesa Grigia, que é casada e ignorante, se dá quase sem palavras, num celeiro sobre o feno. Essa espontaneidade e, sobretudo, a sensualidade simples, do campo, o desejo sem complicações de Grigia, mexeram muito com Berenice. Na verdade, não havia como não amar aquela história escrita tão belamente, em que Homo se deixa levar pelo desejo, e o leitor ia se impregnando de um clima de tragédia possível. Ao reabrir o livro na página marcada, Berenice viu que chegara a sublinhar duas passagens que a comoveram profundamente e agora tornavam a comovê-la:

*e quando a beijava ele nunca sabia se amava aquela mulher ou se lhe acontecia um milagre no qual Grigia estava apenas inserida, um sinal que o ligava a sua amada na eternidade.*

*De algum modo Homo sentia que ia morrer em breve, apenas não sabia como nem quando. Sua vida antiga esvaía-se; era como uma borboleta que se torna cada vez mais débil quando chega o outono.*

O coração de Berenice bateu muito forte, porque, nessa leitura, as palavras do livro somavam-se às de Saulo: "Você está com a auréola da morte". Mas talvez não passasse de uma pequena comoção, essa coincidência, não sobreviesse outro acontecimento. Naquele mesmo instante, Berenice tomou um longo gole de Seven Crown da própria garrafa. E sentiu um arranhar no que lhe parecia o esôfago, o mexer-se de alguma coisa em suas entranhas.

Berenice não levou mais do que uma fração de segundo para entender que o que se mexia dentro dela era a barata, que, tendo sido engolida de um só golpe, não fora atingida mortalmente nem ainda digerida. Um desespero imenso, multiplicando por dez o medo que já sentia normalmente de baratas, a fez pensar em pôr o dedo na garganta para vomitar o monstruoso inseto. Mas a ideia de que o ortóptero passasse outra vez por sua garganta e sua boca era intolerável.

A embaixatriz, que estava habituada à elegância e ao bem portar-se em todas as situações, agora era obrigada a conviver com o fato de não apenas ter engolido uma barata, como de esta ainda estar viva e movimentando-se dentro do seu corpo. E o grito de Berenice foi maior do que qualquer grito de mulher por causa de uma barata, em toda a história desses confrontos.

Berenice, enlouquecida, teve vontade de virar-se pelo avesso. E não sendo isso, evidentemente, possível, seu pavor foi tão grande que ela nem chegou a hesitar. Correu e pulou pela janela aberta.

O embaixador, que estava insone e fora levado por Eudora até a sala do andar de baixo, viu passar, caindo no espaço, um corpo. E talvez porque ouvisse em seguida o choque do corpo contra a calçada Saulo tenha articulado algum pensamento, mas isso nunca se saberá. O certo é que Eudora, que já ouvira o grito meio abafado, sentou seu paciente à força num sofá e correu até o quarto de Berenice, apenas para ver a garrafa de uísque no chão. Com uma certeza sombria, chegou à janela e pôde ver, lá embaixo, um corpo, que, mesmo a uma distância de dez andares, identificou como o da embaixatriz, caída de costas diante de pessoas que se movimentavam de um lado para o outro, aturdidas. Apesar do choque, teve o sangue frio de telefonar dali mesmo para a polícia. Voltou à sala onde deixara o embaixador, como era seu dever, e levou-o para o quarto.

O fato é que a embaixatriz se chocara com grande estrondo contra a calçada da avenida Atlântica, sem atingir ninguém, talvez pelo adiantado da hora e porque ali, naquele trecho, não havia nenhum bar ao ar livre. Mas o horror que causou nas pessoas não é difícil de imaginar. Estragou definitivamente a noite de muita gente, deixando um trauma que durou dias, semanas, na verdade ficando para sempre na memória dos que testemunharam o fato, seja passando pela calçada, seja comendo e bebendo em algum bar das proximidades. Chegou a provocar colisões entre os que trafegavam de carro pela avenida, ao deixar os motoristas atarantados.

Como sempre acontece, logo o cadáver, todo arrebentado, foi cercado por pessoas menos assustadiças, ou dotadas de uma curiosidade mórbida, tendo à frente alguns mendigos que ocupavam uma pequena área com bancos de cimento próxima ao prédio do casal Azambuja.

"O jogo é bruto", disse aquele que era uma espécie de líder dos mendigos.

"Vejam, ela ainda não está morta, sua boca está mexendo", disse uma mulher gorda, que era, entre as pessoas do seu sexo, a que mais próxima estava do corpo caído.

"Não, não, mais parece...", começou a dizer um guardador de automóveis.

"Uma barata", gritou outra mulher, enquanto as pessoas

recuavam, vendo o ortóptero surgir dos lábios da mulher morta, numa cena que nunca mais sairia da memória de quem a vira.

Coitada da embaixatriz, ela que cultivara a vida inteira a distinção e a elegância estava ali exposta, depois de morta, ao horror e nojo públicos. Seria bastante possível que algum dos curiosos esmagasse a barata, mas naquele momento chegou a polícia, com seus homens mandando que todos se afastassem. E a barata, apesar de ainda tonta dos percalços por que passara e do uísque Seven Crown, correu para esconder-se no vão de um muro de cimento, contando para isso com o medo de dois cidadãos que lhe abriram passagem.

No centro dos acontecimentos, peritos tiravam fotos, enquanto investigadores, devidamente informados pelo porteiro do prédio, subiram ao nono andar e, no apartamento do embaixador e da embaixatriz, onde, pelo depoimento de Isaura, a empregada, e Eudora, acompanhante de Saulo, e ainda pela falta de qualquer indício de luta, concluíram prontamente pela versão de suicídio. Quanto a Saulo, não pronunciou nenhuma palavra que se aproveitasse como depoimento, e sua situação mental foi explicada pelas mulheres. Se tiveram os policiais, por dever de ofício, de investigar um pouco mais, ouvindo convidados da festa, nada levava a crer, por uma hipótese mínima que fosse, em homicídio.

Lá embaixo, depois de todos os exames preliminares necessários, o corpo da embaixatriz foi coberto por um plástico negro e depois chegou o rabecão para buscá-lo. A essa altura as pessoas já se encontravam mais distendidas e um dos lugares-comuns mais pronunciados nas rodas de curiosos foi "dinheiro não traz mesmo felicidade". Depois que a polícia autorizou que se lavasse o sangue da calçada, as pessoas se dispersaram.

A barata, da fresta protegida no muro, recuperada em grande parte dos seus sobressaltos, sentiu um impulso de explorar o ambiente em volta e saiu para campo aberto, sentindo o pulsar da madrugada de Copacabana sob uma leve neblina, ouvindo o ruído das passadas dos poucos transeuntes àquela hora, dos carros correndo em alta velocidade, a intervalos irregulares, e uma vibração quase imperceptível de centenas de milhares de habitantes recolhidos a seus apartamentos, a maioria dormindo.

Já eram três horas da manhã e a barata, acometida de outro impulso irresistível, atraída pelo cheiro da maresia, iniciou uma corridinha que a fez cruzar as duas largas pistas da avenida Atlântica, escapando incólume dos veículos, por muita sorte. Perto do meio-fio, do outro lado, enfiou-se num bueiro. Lá havia um pedaço nada desprezível de cheesebúrger, atacado por três ou quatro baratas locais, às quais se juntou a barata do Turzequistão. E ela ficou morando ali, que era perto de um quiosque, tornando a alimentação, pelas migalhas de sanduíches que caíam das mãos dos fregueses, farta e saborosa. Matar a sede também não era problema, com gotas de coca-cola, água de coco e cerveja que espirravam ali. E assim, diante da fartura e proteção — quando não chovia forte e a sobrevivência obrigava a verdadeiros malabarismos —, a barata do Turzequistão adaptou-se ao meio circundante e fez um contato fácil com as baratas locais, que incluía sexo.

Mas havia algo em seu comportamento que era específico dela. Na alta madrugada, quando os humanos que passavam por ali eram raros, a barata do Turzequistão gostava de sair do bueiro e descer até a areia, depois deslocar-se em direção ao mar, para sentir de perto o vento e a maresia que traziam ao seu pequeno ser nostalgia do seu Turzequistão, banhado pelo Oceano Índico.

Aos que se espantam com essa capacidade de reviver a seu modo essas sensações, cabe informar que as baratas do Turzequistão são consideradas as de inteligência mais desenvolvida pelos biólogos, que tentam explicar este fato pelos milênios de predominância taoista e budista na região e a convivência entre humanos e ortópteros ter sido das mais pacíficas, não apenas pelo fato de a religião e a filosofia locais disporem sobre a transmigração entre espécies, valorizando a vida seja lá de que animal for, e ainda por apresentarem as asas e o dorso das baratas do Turzequistão trigramas e hexagramas do livro das mutações. Isso para não falar do fator estético que encantou pesquisadores ocidentais da arte turzequistânica, que perceberam nas asas dessas baratas os citados desenhos geométricos.

E, embora abstratamente, pois sua microsubjetividade dava-se antes em forma de sensações do que de pensamentos, a barata desta história sentia diante da imensidão do oceano a unidade de todas as coisas e, fosse ela capaz de entender a linguagem humana, saberia que se encontrava na pátria do eminente sábio de sobrenome Coelho, que já vendera centenas de milhares de livros no Turzequistão e mencionara numa de suas obras essa estirpe de baratas. A fama de Coelho naquelas plagas era tanta que fora condecorado pelo próprio imperador.

Além da saudade de sua terra, a grande falta da barata do Turzequistão, em sua nova esfera de existência, era que nunca mais pudera experimentar a embriaguez e exaltação provocada pelo uísque Seven Crown, quando fora engolida sem sofrer um só arranhão, para ser lançada depois ao novo mundo de luzes, após recolhida por tanto tempo no contêiner do casal Azambuja, roendo em quantidades ínfimas o insípido smoking do embaixador.

Sensações e indagações, dentro de suas possibilidades, tomaram conta da barata diante do mar, e ela chegou a borrifar-se muito levemente água salgada, nessa hora da madrugada que era uma fresta entre dois mundos. E sintonizando muito, muito ao longe, antes de retornar ao bueiro, captando com sua sensibilidade única as ondas do mundo turzequistânico, a barata estendia para esse longe as antenas da raça.

# 8. Melancolia

O rapaz que eu era andando sozinho na calçada à beira-mar em Copacabana, e eram os anos cinquenta, não havia ainda o calçadão, e o tráfego de carros e pessoas era muito pequeno comparado ao de hoje e a tarde era cinzenta e eu andava com as mãos nos bolsos, assobiando a canção mais bonita que eu conhecia, "Que reste-t-il de nos amours?", de Charles Trenet e Léo Chauliac. Bonita e melancólica. O dr. Rodrigo dizia que a melancolia era ressentimento, mas para mim aquela melancolia era beleza, embora a ponto de fazer doer.

Sentei-me num dos bancos da calçada e contemplei o oceano e eu achava bonito o mar assim, nos dias cinzentos, o barulho das ondas vindo e voltando, os mexilhões que afundavam na areia e era bom pensar neles, nos pequenos moluscos em suas conchas, num espaço tão reduzido e no entanto eram seres, havia alguma forma, se não de pensamento, de sensações vividas por eles.

Assim eu pensava quando se deu o grande e inesperado acontecimento, uma baleia e seu filhote surgiram à tona d'água a uns quinhentos metros da praia e eram magníficos e fiquei tão empolgado que cheguei a levantar-me com o coração a bater, e pensei em como era emocionante que um ser tão gigantesco podia sentir amor — que era o que a baleia sentia por seu filhote — e, com certeza, seu cérebro produzia algo parecido com pensamentos, já que o instinto poderoso era inquestionável, o instinto que trazia as baleias para águas mais mornas, a fim de terem a cria.

Foi quando a mulher se aproximou tão mansamente de mim que só a notei quando estava ao meu lado. Vestia uma calça comprida e uma camisa com mangas até as mãos, e sapatos fechados, aquele não era um dia de praia, e olhava também, atentamente, para as baleias. Estava tão perto de mim que era natural que nossos braços se tocassem e ela disse que lindo logo quando a baleia e seu filhote tornaram a mergulhar.

Pareceu então completamente natural que nos déssemos as mãos e nos beijássemos, um beijo tão amoroso que era melhor que qualquer relação sexual que eu já tivera em minha vida. Foi aí que despertei, dr. Rodrigo, já com uma saudade tão intensa daquela mulher e do modo como nos ligáramos, tanto é que posso dizer que ela foi dos maiores amores, se não o maior, que tive em minha vida, e quantas vezes já não prossegui dentro de mim com aquele encontro. E não posso ouvir — ou mesmo entoar, em silêncio — aquela canção sem ligá-la a esse amor, ou outros amores passados, ou mesmo imaginários.

E o sonho, dr. Rodrigo, podia prosseguir na vigília e teríamos sentado num bar pouco iluminado e quase deserto a essa hora e pediríamos um destilado, como conhaque, combinando com a tarde, conversando sobre as baleias e a vida, e depois ela me levava para sua moradia que era uma água-furtada diante de um parque, em Laranjeiras, e aí, sim, nos amaríamos de verdade e isso teria sido apenas o princípio de um amor muito bonito e para sempre, pois eis que fico à espera que ela se manifeste em outro sonho ou outra mulher ou, simplesmente, na canção, "Que reste-t-il de nos amours?".

# 9. Tubarões

Quando ele despertou, a escuridão ao seu redor era absoluta, nem um só fio de luz que lhe permitisse identificar onde estava, e até mesmo pareceu-lhe passar por um fragmento mínimo de instante em que não sabia quem era, mas isso se esclareceu logo, que ele era ele, o de sempre, mas onde estava? Pois não se localizava no espaço e era desconhecida a cama em que se deitava, numa posição torta, com uma das pernas quase para fora do leito e a cabeça não repousando direito sobre o travesseiro, e ele sentiu-se desprotegido como uma criança sozinha nas trevas. E procurou o interruptor de luz na mesa de cabeceira, como em seu quarto, pois queria ir ao banheiro.

Não achou nenhum interruptor, então pôs as pernas no chão e sentiu que estava entre duas camas e entendeu tudo, que ali era um quarto de hotel em Recife, onde, no princípio da noite, fizera uma palestra. Lembrou-se de que, antes de dormir, fechara toda a cortina e, tateando, foi na direção da janela e afastou a cortina, permitindo que, no quarto, penetrasse a luminosidade da noite e viu também a praia com as ondas batendo na areia. E foi aí que se lembrou do que verdadeiramente estava querendo aflorar à sua mente. Aquela era a praia da Boa Viagem e havia cerca de dez dias uma moça de dezoito anos fora atacada e morta por um tubarão, que lhe arrancara um pedaço da perna.

Logo que chegara à cidade no dia anterior, o rapaz que fora buscá-lo no aeroporto o avisara de que não devia nadar na Boa Viagem e contara o caso da moça e que havia outros iguais ao dela. E ele vira, quando chegaram à avenida em frente à praia, as placas na calçada advertindo a todos de que não deviam nadar ali, pois havia o risco de serem atacados por tubarões, cujas figuras frontais e assustadoras, com seus dentes, estavam desenhadas nas placas.

Ele voltou-se para dentro do quarto, achou os interruptores de luz, olhou o relógio e viu que eram quatro horas da madrugada e lembrou-se de que devia acordar às quinze para cinco, para tomar o avião às seis. Aliviou a bexiga, voltou para a cama, apagou as luzes dali mesmo, mas não voltou a fechar a cortina. Nem valia mais a pena dormir, pois tinha pedido na portaria que o despertassem dali a quarenta e cinco minutos. Acabou por adormecer, mas não sem antes pensar que do outro lado da avenida havia a praia, onde podiam estar nadando tubarões a essa hora, inclusive o que matara a moça. E, com um arrepio, pensou no momento em que a fera cravara seus dentes na coxa da moça e que todos nós, de um modo ou de outro, podíamos ser atacados por monstros diversos.

# 10. Eles dois

Pode-se começar em qualquer parte, e por que não com as aranhas? Aranhas-caranguejeiras, peludas e peçonhentas, que podiam surgir quando menos se esperava e, embora seu coração batesse, ele as enfrentava, ou dando uma sapatada nelas na parede ou esmagando-as no chão. E ele achava curioso como as aranhas, que pareciam enormes quando vivas, de repente se reduziam a um quase nada quando esmagadas. Já a mulher corria ao topar com uma aranha dessas e ele achava interessante perceber como ela tinha medo de certas coisas e era tão corajosa para outras, inclusive para viver no lugar onde moravam.

A casa, modesta, era numa rua de terra batida, uma ladeira, em Venda Nova, na periferia de Belo Horizonte. Do lado direito de quem subia havia as casas, cada vez mais pobres à medida que se ia subindo; do outro lado havia a chácara e a mata. Nunca tinham vivido num lugar assim, nem ele, nem ela. Ela ganhava pouco como relações-públicas de um clube e até então vivera, muito conflituosamente, na casa dos pais. Ele, saindo de um casamento, deixara quase tudo para trás, mas não o emprego público, embora tivesse se demitido da universidade, que lhe pagava muito pouco e onde ela fora aluna dele. Ele tinha trinta e três anos e ela, vinte e sete. Antes de mudarem para a casa, ele passou um mês no Oeste Palace Hotel, perto da rodoviária.

No princípio, não tinham nada, nem mesmo uma cama, e dormiam num colchão velho. Também não havia mesa e cadeiras, faltava até um chuveiro elétrico e a própria água da casa vinha de uma cisterna que a bombeava para uma caixa de cimento no telhado. Havia também um quintal com alguma coisa plantada, mas tomado principalmente pelo mato, que depois o velho vizinho passou a capinar para eles por uma pequena quantia, pois no mato crescido podiam esconder-se cobras, logo lhes avisaram.

Aos poucos, depois que alugaram a casa, eles foram mandando fazer móveis essenciais em carpinteiros baratos das redondezas e comprando utensílios, sempre a preços módicos, e ela trouxera algumas coisas de casa e outras ganharam de amigos, até que a casa se tornou minimamente habitável. Também pintaram tijolos e tábuas e fizeram estantes e prateleiras.

Ela possuía um velho volks branco, indispensável, pois era o que permitia que morassem naquele lugar.

Ao anoitecer, quando saíam dos respectivos trabalhos, eles vinham, na hora do rush, pela avenida congestionada que ligava o centro a bairros de periferia, como o deles, e ele não podia dirigir porque ainda estava na autoescola e, antes, nunca quisera saber de automóvel, talvez pelo trauma do desastre com a família quando ele ainda era pequeno. Havia também um caminho alternativo para chegar lá e, quando eles vinham por ali, topavam com um trailer abandonado num terreno baldio, um trailer todo colorido e com a inscrição A FILHA DE DRÁCULA, que era retratada com seus caninos pontiagudos. E eles viviam pensando em fazer um curta-metragem de terror ali no trailer, mas nunca fizeram.

Ele vinha tenso por causa da mulher dirigindo e pelo trânsito congestionado — ela tinha uma atrofia no nervo óptico dos dois olhos e comprara a carteira —, até que chegavam à lagoa, a mulher dobrava à direita, passava pelo trecho próximo a uma das cabeceiras da pista do aeroporto e depois virava à esquerda e já estavam no subúrbio de Venda Nova. Aí era só rodar mais um pouco, chegar à rua deles e dobrar de novo à direita. Já ao entrar na rua eles sentiam alívio pelo silêncio súbito, só quebrado pelos latidos de cães e ruídos de insetos. Mas o silêncio maior acontecia quando o carro era guardado na pequena entrada da casa e o motor, desligado.

Eles iam aparelhando a casa com muitos objetos conseguidos no acervo do precário, ou da fantasia, como um grande televisor em seus estertores — era preciso dar uma porrada na lateral ou em cima do aparelho para que o som da TV funcionasse, mas, de repente, o som se interrompia de novo e aí era mesmo uma TV muda, o que os divertia. E havia um salão de artes plásticas aberto a inovações e a estreantes, e eles pensavam em esvaziar a TV de todas as suas peças, encher o aparelho de terra e plantar ali um mamoeiro já grandinho, então inscrever o conjunto como obra no salão.

A essa altura já haviam começado a plantar caoticamente um pouco de tudo, de roseiras a abacateiros e tomates, e de feijões a ameixeiras e mangueiras. Mesmo as grandes árvores eram plantadas em sacos de leite vazios e latinhas, para só depois passar as mudas para o quintal. Chegava a ser uma emoção ver brotar uma planta, principalmente uma árvore, sabendo a altura e força que ganharia. Era um quintal pequeno e, se ninguém acabasse por tomar uma providência, as árvores quebrariam a casa.

Outro capítulo eram as plantas ornamentais, como samambaias, que eles plantavam a partir de mudas e dependuravam no caramanchão dos fundos, à beira do quintal. Ficou uma beleza, uma espécie de cortina vegetal que vinha quase até o chão. E como ela estava saturada de trabalhar no tal clube, às vezes eles pensavam, utopicamente, que ela poderia ganhar seu quinhão de vida só vendendo plantas.

Ele, no fundo, acalentava o desejo de se tornarem progressivamente hippies, com suas bermudas e shorts de jeans cortados e camisetas, dedicando-se a tarefas como serrar e pregar madeiras, e, numa prateleira, um dia, ela colocou uma estatueta estilizada do diabo, entronizando o demo na prateleira mais alta na sala.

Ela dizia que o inferno devia ser muito melhor do que o céu, pois as pessoas mais interessantes iam para lá; ela dizia isso e ria, mas, de qualquer jeito, ele, um agnóstico, ficava impressionado e temeroso, e acabou por pregar na parede um ícone de são Sérgio, que o pai dele trouxera da Rússia há tempos e lhe dera de presente.

Mas havia também outra imagem que eles encontraram na casa, que era uma estátua sem cabeça, provavelmente de Nossa Senhora. O primeiro impulso dela fora jogá-la fora, mas ele disse que não e colocou a imagem no parapeito da janela, do lado de fora, de modo que quem passasse pela rua talvez respeitasse a estátua como uma proteção de uma força maior que não saberiam identificar qual.

Eles trepavam todas as noites e até de dia nos fins de semana. Eles se amavam e se desejavam muito e estavam felizes como nunca haviam estado antes. Mas, ao chegar do trabalho, era bom dar-se um tempo e não cair nos braços um do outro. Guardavam as compras do supermercado para lanchar mais tarde, ligavam a bomba d'água e ela ia tomar um banho, enquanto, se o dia estivesse seco, ele pegava a mangueira, atava-a num torneira e ia regar os canteiros e arbustos no quintal, sentindo o cheiro da terra umedecida e fixando bem os olhos, cuidando para não topar com nenhuma cobra, embora o rabo dos lagartos, se atravessassem seu caminho, pudesse confundi-lo e seu coração batia, mas não fora para ter fricotes que ele fora morar ali e sentia-se orgulhoso por isso, ainda mais porque olhava as luzes da cidade ao longe; olhava também para o basculante do banheiro, via a sombra da mulher sob o chuveiro e ficava muito feliz, na expectativa do que viria depois.

Quando se recorda a década de setenta, uma das coisas que se pode lembrar é que as pessoas, pelo menos as que ainda eram jovens, ou relativamente, costumavam sentar-se sobre almofadas, no chão, e ali estavam eles na sala, depois do lanche, sentados desse modo e bebendo uísque nacional e fumando — eles bebiam e fumavam muito —, e ela estava com um vestido curto e ele de bermuda e camiseta. Sentavam-se diante da televisão sem som e ouviam o radinho de pilha, e ela desatou os botões da bermuda dele e perguntou: "Posso?". "O quanto você quiser", ele disse rindo, ah, como era bom vê-la tão bonita e com o pau dele na boca, e havia inúmeras variações, e ele podia também chupar sua boceta, gostava de ver a boceta dela, tinha uma sensação de possuí-la inteira e tanto podia gozar ali como guardar-se para foder no quarto, em todas as posições possíveis.

No quarto de dormir havia um grande armário velho que uma amiga dela lhes dera de presente, pagando o carreto e tudo, e eles gostavam também de despir-se na cama, encostada numa parede em que havia a foto de um túmulo num desses cemitérios americanos, bastante simples, que parecem um jardim, e enquanto faziam todas as sacanagens podiam olhar-se no espelho de uma das portas do armário que deixavam aberta, e ele gostava também de ver-se, magro naquela época e de cabelos compridos, não tanto como os dela, mas compridos. Quando se recorda a década de setenta, uma coisa que se pode lembrar é que os homens, principalmente os jovens, usavam cabelos compridos.

Logo que eles foram morar ali, houve umas três ou quatro manhãs em que ele levantou a coberta de leve para vê-la nua, sem que ela tivesse consciência disso. Ele ou ela também podiam levantar-se para ir ao banheiro durante a noite, mas essa história é contada da perspectiva dele.

Ele se levantava procurando não fazer nenhum barulho para não despertá-la e ia pisando, pé ante pé, na escuridão, até para não esbarrar em nada. "Preciso comprar uma lanterna", pensava. Era impressionante a quantidade de barulhos que uma casa podia produzir, desde o som da geladeira velha até estalos espontâneos de, por exemplo, objetos de madeira que se distendiam, ou então algum rumor que vinha lá de fora e ele tinha de controlar-se para não achar que havia algum ladrão querendo entrar na casa. Depois, já no banheiro, olhava pelo basculante e via as samambaias penduradas no caramanchão e, para além delas, as plantas que iam crescendo no quintal, e ele ficava pensando na vida noturna, no eterno devorar-se dos insetos e pequenos animais, como os sapos que eram vistos em quantidade por ali. A devoração dos bichos de noite e também de dia. E ele ficava feliz de estar morando ali com a mulher que amava tanto, ali perdidos e corajosos no seu isolamento. Logo ele voltava para a cama e o fato de ter a mulher ali com ele vencia todos os seus sobressaltos e medos. E era uma coisa que ele descobria com a própria experiência. Amar — amar muito — tornava as pessoas, senão indestrutíveis, pelo menos cheias de bravura.

Mas não era assim tão simples, pois houve aquela noite em

que, antes de dormir, ouviram os passos de uma pessoa correndo na rua e depois atravessando a entrada externa da casa e, mais atrás, passos de dois homens correndo. Eles olharam então pela fresta da janela da sala e viram que era uma moça que se refugiara na entrada da casa, então perguntaram a ela o que estava acontecendo e ela disse que havia dois homens a perseguindo. Então, ele abriu a porta e fez a moça entrar; fechou de novo a porta e alçou a voz falando para sua mulher: "Lúcia, pega meu revólver na gaveta". Não havia revólver nenhum, era um blefe. Um blefe que deu certo, pois os homens voltaram a subir a ladeira e desapareceram na parte de cima da rua, onde havia uma saída só para pessoas, não carros. Eles deram um bom tempo, serviram água e café para a moça, que lhes explicou que os homens queriam agarrá-la. Depois abriram a porta para a moça sair e ela foi embora rua abaixo até a rua pavimentada do bairro, onde, segundo ela, morava.

Os perigos, portanto, podiam ser reais, mas quase sempre eram pura imaginação. Mas, numa madrugada em que ele se levantou, julgou ouvir um som próximo ao silêncio, mas contínuo, que parecia vir da faixa estreita de terra, do lado oposto ao da entrada. Um som mínimo que parecia mais um pressentimento, mas que o inquietou ao ponto de ele acender a luz lá de fora naquela faixa de terra. E, quando ali se iluminou, seu coração bateu forte, pois ele viu milhares de saúvas andando com folhas nos ferrões e entrando por três ou quatro buracos. Ele percebeu que aquele exército vinha desde o quintal e então foi até a cozinha, abriu a porta, saiu e acendeu a luz do caramanchão, e deu-se conta da verdadeira devastação que as formigas estavam fazendo, cortando as plantas que eles estavam cultivando com tanto carinho, desde flores até arbustos. E um pequeno mamoeiro já estava todo desfolhado. As saúvas tinham também um cheiro repelente, acre.

A essa altura a mulher também havia acordado e ambos estavam furiosos e xingavam as formigas e pisavam nelas, mas era um exercício inútil, como inútil foi trazer uma bomba de inseticida doméstico, pois o conteúdo da bomba se esgotava e o número de formigas nem parecia diminuir.

Demoraram a voltar a dormir e, no dia seguinte, consultaram o velho vizinho sobre como exterminar as saúvas, e o velho pediu dinheiro para comprar formicida e, de noite, veio com uma bomba com o veneno que aplicou nas entradas visíveis do formigueiro e, de fato, morreu uma quantidade considerável de formigas, cujo número diminuiu muito, mas não o suficiente, até que ele mesmo foi a uma loja de produtos agrícolas e, depois de informar-se, comprou uma boa quantidade de pastilhas da marca Mirex e aí a coisa tornou-se até uma diversão. Espalharam as pastilhas por vários pontos do quintal e por todas as áreas de terra, e as próprias formigas se ocupavam de carregar as iscas de veneno para os formigueiros, onde o veneno fermentava e, em pouco tempo, não havia mais saúvas na casa deles, que voltaram a plantar com toda a confiança e orgulhosos de sua vitória.

Eles viviam uma fase do amor em que se bastavam, tal o prazer da companhia um do outro. É claro que gostavam de ir a um lugar ou outro ver amigos, ou recebê-los em casa, nas raras ocasiões em que alguém se dispunha a ir até ali, porque era bem longe. Mas na grande maioria das vezes eram só eles. E, de noite, depois de fazer um lanche e lavar a louça, gostavam de pegar cadeiras e ir para uma parte em frente da casa, diante da rua. Preparavam doses de uísque nacional e sentavam-se diante da mata, ouvindo o som dos grilos e sapos e de outros pequenos animais, enquanto bebiam e fumavam. Viam também besouros, lagartixas caçando insetos nas paredes e, de vez em quando, aranhas gordinhas desciam de seus fios no telhado e, naqueles momentos, a mulher dava um salto da cadeira para escapar, de medo.

A escuridão daquela área afastada da cidade tornava as estrelas mais nítidas, e eles faziam aqueles comentários que se costuma fazer diante de um céu estrelado, que aquelas estrelas podiam estar a bilhões de anos-luz de distância ou até extintas. E que ele e ela eram pontinhos no universo, um nada, mas o fato de estar contemplando estrelas e galáxias, pensar nelas, de certo modo os tornava grandes, unidos àquele todo. E Deus acabava por entrar na conversa. Ela dizia com toda a convicção que não acreditava em Deus, mas ele tinha lá suas dúvidas.

De vez em quando viam aviões que passavam bem baixo e com grande ruído, decolando ou se aproximando do aeroporto da Pampulha, e imaginavam os passageiros em suas poltronas, quem sabe olhando para sua rua na semiescuridão. Era inevitável que pensassem neles próprios viajando, algum dia. Mas ele gostava de dizer a ela que seria bom se morassem ali para sempre. E ela não dizia nada e ele se entristecia com o ceticismo dela. Como se fosse possível que nada mudasse, como acabou mudando, mas isso era outra história.

Eles não possuíam toca-discos e o único aparelho sonoro que tinham era o radinho de pilha que gostavam de levar para ali fora e, aproveitando as poucas interferências àquela hora da noite, conseguiam captar em ondas curtas a rádio JB ou a rádio MEC e ouviam músicas populares e clássicas, sempre boas. E houve uma noite em que a rádio JB transmitiu um programa de dois apresentadores com Hermeto Paschoal, que até tocou músicas nas garrafas e copos d'água na mesa do estúdio. Então, ali sentados, eles sabiam que eram mesmo dois pontinhos insignificantes no todo universal. Mas o amor os tornava algo maior, muito maior, em sintonia com a vida que valia muito a pena ser vivida, com a felicidade que mal cabia neles, em sintonia com planetas, estrelas, aviões, grilos e outros bichos — e com a música que vinha de longe e os alcançava. Momentos que ficariam com eles por muito tempo, mesmo depois que haviam se separado, e nele depois que ela havia morrido, mas ficando ali guardada para sempre, sua amante jovem e bela.

# 11. Este quadro

Este quadro está guardado — pode-se dizer até que escondido — no subsolo do Museu Nacional de Belas Artes, no Rio de Janeiro, e nunca houve uma ocasião em que tenha sido trazido aos andares superiores para alguma exposição. Na verdade, apenas um funcionário, de tempos em tempos, vê esta pintura, pois é ele quem se incumbe dos cuidados para a conservação desta obra e de outras esquecidas.

Este quadro é uma tela de noventa por setenta centímetros, pintado no último quarto do século XVIII, é o que se deduz pelos materiais e técnicas utilizados. Nele é retratada, frontalmente, uma jovem negra nua, a não ser pela veste branca que sustém com a mão direita, o que não impede a visão de seu sexo e de seu seio esquerdo, mas parecendo, pelo segurar da veste, que ela hesita em deixar-se ver por um contemplador que figura no quadro. Esse contemplador, que olha para a moça e dá as costas para quem olha para o quadro, vê-se, por sua batina e pelo círculo cortado em seu cabelo, que é um padre ou seminarista, branco e jovem.

O local em que se encontram é o interior de um casebre de pau a pique, com o chão de terra batida, e o aposento é mobiliado apenas com um catre, um banco e uma mesa tosca, sobre a qual há uma moringa e um caneco. E pela janela aberta vê-se um matagal.

No quadro, não há assinatura nem data, mas é de supor que represente os tempos da escravatura ou próximos a esses.

Este quadro, antes de ser enviado aos subterrâneos do museu — houve quem chegasse a saber em outras épocas — foi relegado também aos porões de uma fazenda, e quis, quando da penhora dessa fazenda para pagar dívidas, o capricho de um jovem herdeiro que ele escapasse da fogueira, como o queriam as autoridades civis e eclesiásticas. Sumiu o jovem senhor com a obra e guardou-a num barraco de um sítio que lhe restou de propriedade e, de vez em quando, dava-lhe uma espiada com um olhar lúbrico, também satisfazendo suas ideias anticlericais.

O jovem senhor se arruinou completamente, e o quadro, apesar dos protestos de eclesiásticos e outros moralistas que novamente o queriam na fogueira, foi a leilão junto com outros bens, mas não houve quem o arrematasse, e declarou o leiloeiro que o destruiria, mas conhecedor que era do sobe e desce dos preços das pinturas, guardou-o bem guardado num depósito. E esse senhor não deixava de excitar-se ao ver a obra, e também sentia por ela uma espécie de repulsa, mas acabou por esquecer-se do quadro e deixá-lo de lado, até que, por fim, quando da ampliação do acervo do Museu Nacional de Belas Artes, foi a obra comprada com várias outras por um curador itinerante, que era também um livre-pensador ou um desavisado.

Porém, quando outros setores da sociedade deram por ela no acervo, os protestos foram veementes, em geral pelos mesmos motivos religiosos e morais, pois era impensável a exibição de uma obra dessas num museu frequentado até por mulheres e crianças.

Os livres-pensadores contra-argumentaram com a nudez, embora mais velada, exposta no próprio Vaticano, mas bispos e padres contrapunham que em nenhuma obra no Vaticano, ou em outro templo cristão de Roma, havia aquela insinuação de um prelado praticando, ou prestes a praticar, atos libidinosos.

E também podiam juntar, os que se julgavam mais entendidos em arte, aos argumentos de ordem moral os de imperfeição técnica, e que elementos da anatomia eram desproporcionais entre si, a ponto de os olhos da moça saltarem de suas órbitas. Mas não poderia se sustentar que essa imensidão do olhar tinha o poder de sugerir que a jovem negra tanto temia como desejava o moço? Também o bico do seio visível está intumescido, enquanto o sexo é visto entre os pelos pubianos. E os entendidos, que também podiam ter objeções de ordem moral, sabiam que tinham diante de si um quadro que, se fosse absolvido, digamos, espiritualmente, não o seria artisticamente.

Por outro lado, havia o jovem clérigo, e nele, visto de costas, havia menos por onde errar a mão, a não ser que fosse pelo crucifixo que ele tirara do pescoço e deixara sobre o catre, o que tornava implícita a intenção de pecar. Cristo era um sombreado, mas a cruz não deixava de ser uma cruz, o crucificado um crucificado, ali no caso infamado e testemunha da infâmia.

Mas havia outra obscenidade ali, e esta apenas um dos doutos da igreja e outro das artes tiveram a coragem de levantar, que era o fato do jovem ministro de Deus, além de ceder ao desejo da carne, o fizesse por uma negra, e o escancarado de uma negra, de um modo como nunca alguém havia pintado antes, era muito mais obsceno do que se fosse o de uma branca, ainda mais com um padre.

Então se poderia pensar que a decisão dos curadores do museu era simples: destruir o quadro e pronto. Mas o fato é que temiam aqueles senhores — de forma nenhuma do vulgo — que, de repente, se descobrisse que deitaram fora algo de valor estético, embora exótico, que na Europa pudesse ser considerado uma preciosidade artística. Que a obra, naquilo que se poderia tomar como inabilidade, teria, talvez até sem o saber, algum parentesco com o impressionismo, movimento depois do qual haviam se perdido todas as certezas.

E não se deixou de lembrar que o Museu Nacional de Belas Artes era de propriedade do governo, e assim o quadro era um bem público. A solução que veio foi hábil, política, ouvindo-se gente do Ministério da Educação: decidiu-se por remeter a obra às profundezas do museu e que ali permanecesse até que se pudesse fazer uma avaliação mais segura. Ali, nas profundezas, só é vista, com raras exceções, por aquele funcionário que tem como dever a conservação do purgatório, como se apelidou aquela seção. Este funcionário, homem infeliz no casamento, dado a beber, solitário, às vezes tem a mente tomada, no botequim que frequenta, ou mesmo em casa, por aquele quadro. E não consegue deixar de pensar que, na escuridão do purgatório, lá estão eles, sem que ninguém possa vê-los, o jovem padre e a jovem negra. Nesse momento e para sempre estarão atraídos um pelo outro, com o coração batendo de medo e desejo, e, embora possa parecer louco o movimento, durante as noites o padre retira pela cabeça a batina, e aí estará, naquele casebre, o jovem branquinho em pelo, enquanto a negra que foi surpreendida por ele, largada a veste que segurava com a mão direita, deita-se no catre e abre as pernas, toda molhada, esperando a penetração. Sabem que cometem um pecado maior que o simples pecado do sexo, pela condição dele de filho de Igreja, mas sabem ainda que o contraste de suas peles e o pecado sacrílego lhes dá um tesão enorme, como o do funcionário ébrio do museu, que põe em movimento seu quadro interior. Ao lado do casal no catre, a veste branca, a batina negra e a cruz de Cristo.

# 12. História de amor

Ainda hoje, no ocaso de minha vida, quando ouço cânticos sagrados, seja no rádio, seja numa missa de sétimo dia, volto à cama do colégio marista onde era interno e penso nela, a garota, também interna num colégio feminino, no mesmo bairro da Tijuca em que eu estudava.

Minha cama era junto à janela que descortinava para mim o Rio de Janeiro todo iluminado, mais abaixo, e, nas noites de jogos, o Maracanã, aquele círculo também iluminado, e eu me queria assistindo ao jogo, principalmente se fosse do meu Fluminense.

Os cânticos dos irmãos, com suas vozes graves, tanto podiam acontecer de manhã, durante a missa, como de noite, se houvesse uma bênção noturna, enchendo de solenidade o colégio, antes de subirmos para o dormitório, nós, uns cinquenta meninos.

Porém, essa solenidade não impedia que nos masturbássemos, pensando em alguma mulher que teríamos visto numa revista ou num filme, ou usando a simples imaginação; que nos masturbássemos apaziguando os corpos para dormir.

Mas se por acaso eu pensava nela, a menina que eu criava

em minha imaginação, no mais absoluto segredo, o amor era casto, pelo menos na medida em que não havia masturbação, conspurcando nosso afeto tão grande que fazia meu coração bater.

De resto, não havia barreiras para esse amor, e eu imaginava um só colégio para ambos os sexos, frequentando as aulas juntos, partilhando o pátio de recreio, passeando de mãos dadas. E até assistindo à missa lado a lado. Sim, porque havia diariamente as missas e, eventualmente, as bênçãos, e, para existir tal amor, era preciso que houvesse o internato e os ritos da santa madre igreja, até que, de noite, deixávamos, meninos e meninas, a grande sala de estudos para o dormitório.

E porque tal amor era puro e exclusivo, sendo impensável que algum outro menino visse minha garota nua ou em trajes íntimos, trocávamos de roupa (usávamos uniformes) em grandes salas separadas, para depois nos deitarmos, não na mesma cama, mas próximos e com o espaço dividido por um pequeno guarda-roupa, pois éramos novos demais — uns onze, doze anos — para mantermos relações sexuais, mas antes de dormirmos trocávamos beijos de leve na boca e, depois, já deitados, estendíamos os braços e nos dávamos as mãos. E ainda hoje, quando ouço os cânticos sagrados, é dela que me lembro, a minha garota, e, embora não lhe dê nem mesmo um nome, é a ela que amo.

# 13. Clandestinos

Pessoas de outro tempo, outra cidade, outro país. Ele e ela ali no quarto de hotel têm mais ou menos uma hora e meia para ficarem juntos. Um hotel modesto, fora do centro da cidade, pois ela não pode correr o risco de ser vista numa situação comprometedora. Chegam separados, primeiro ele, depois ela, que sobe cheia de cautela ao segundo andar. Para não ficar face a face com outros hóspedes, nada de usar o velho elevador com sua porta gradeada. É o hotel Old Town, e já ficou acertado com o chinês da portaria que ela não precisa preencher ficha. Com o coração disparado, ela abre a porta destrancada do quarto cujo número o porteiro lhe indicou e se deixa cair nos braços do amante, trêmula. Eles se beijam demoradamente e, nesse momento, nem precisam trocar palavras. Ou, às vezes, caem diretamente sobre a cama e se entregam vorazmente.

Começa a correr o tempo, cuja dimensão lhes é dada não apenas pelo relógio, mas também pelo barulho do trem metropolitano que, perto dali, sobe do subterrâneo para a superfície para logo adiante descer de novo ao subterrâneo. Esse barulho que depois vem à memória deles como um fundo sonoro dos encontros.

A passagem do tempo que eles gostariam de interromper, e estão sempre a falar disso. Falam também de outras coisas, claro, e pouco importa que pareçam tolices.

Coisas como eu te adoro, você é minha querida para sempre. Nem tenho o direito de pedir, mas sou a única? Sim, a única. Você jura? Juro, meu amor. E eu sou sua, meu querido.

Ou, de repente, as obscenidades, que se tornam ainda mais excitantes por ela ter todo o jeito de uma mulher recatada. Uma mulher direita, como se dizia. Mete tudo, meu amor. Me fode toda, faz comigo o que você quiser.

Aquela tarde em que ela propôs: "Vamos marcar uma hora para estar em pensamento um com o outro? O que você estará fazendo à meia-noite?".

"Estarei em meu apartamento. Provavelmente." E ele se mostra relutante e até um pouco cruel: "Mas você estará na cama com seu marido".

"Ele diz que, se um dia souber que tenho outro, matará os dois. É um homem perigoso, você sabe."

Na verdade, ele também sabe que, se vivessem juntos, tanta paixão poderia arrefecer no hábito. Talvez seja essa urgência mesma e essa clandestinidade, talvez até o medo, que mantenham a chama tão acesa.

"E se nos matássemos juntos?", ela disse.

"De que maneira, minha querida?" Ele a abraça, inquieto. De repente, teve medo de que ela fizesse alguma besteira.

"Ligando o gás no banheiro de algum hotel. Deitaríamos na cama e nos encontrariam abraçados."

"Mas aí seria o nada, amor. De que nos serviria o nada?"

"Nunca se sabe. E eu gostaria de habitar para sempre o mesmo espaço que você, ainda que fosse o nada."

"Se olharmos os cadáveres de verdade, não há nenhum encanto, nenhum romantismo neles. São tétricos, feios. Quero você é viva."

Eles se abraçam mais uma vez. Ele entra nela e diz:

"Ah, vamos demorar assim, eu dentro de você. Como se isso, sim, fosse para sempre."

Ela goza uma, duas, três vezes. Ela é mulher e seus orgasmos são prolongados. Já ele procura se conter, para que demore, mas chega o momento em que não dá mais, ele goza e se esvazia.

Agora é a vez de ela ser racional. "Tenho de ir, querido." E ela vai ao banheiro se lavar, mas não toma banho, pois se por acaso o marido chegou antes dela em casa, o que ela sempre procura evitar, não pode vir da rua com os vestígios de um banho recente. Cheiro do amante, ela não leva, pois pediu a ele que não usasse nenhuma colônia. Ele nem mesmo fuma perto dela, para que ela não fique com cheiro de cigarro.

Chegada a hora, ainda resta a ele a emoção de vê-la vestir-se. Como ela sai primeiro, ele pode dar-se ao luxo de ficar na cama, observando-a. Ela se vestindo dá a ele uma sensação de intimidade tão grande quanto no momento em que ela se despe. Os gestos tão graciosos dela de levantar uma perna e depois a outra para pôr a calcinha. Depois o sutiã, que ela não pede mais a ele para abotoar. Pois na última vez que fez isso, ele segurou os dois seios dela pelas costas e trouxe-a de novo para a cama, fazendo com que caísse de costas sobre ele, que a penetrou assim, e ela sentou-se sobre o pau dele para ficar mais fácil, e como foi bom vê-la nessa posição. Mas, daquela vez — *meu Deus, passei da hora* —, ela chegando em casa depois do marido e, procurando parecer casual, dizendo que fora olhar as lojas, nada que pudesse ser verificado.

A expectativa dele de que tudo houvesse dado certo, o medo de que o marido a tivesse agredido ou matado, certa vergonha de nada fazer a respeito, como um covarde. Ela demorando a tornar a ligar — os telefonemas têm de partir dela —, até que, finalmente, ele atende ao telefone em seu escritório e ouve a voz tão esperada: "Sou eu". Ela liga de um desses telefones de cabine pública e não falam muito. Logo chegam ao código costumeiro: "No lugar de sempre, às três horas". Na cabine telefônica corações trespassados por flechas e cortados por nomes: Lucy, Paul, Dolores, Mary, Conrad, Samantha... Desenhos e frases obscenos, gravados a canivete ou escritos com esferográficas, héteros e homossexuais.

Sim, como é bom deixá-la vestir-se, desfrutar do prazer de vê-la. Ela de combinação escovando o cabelo. A cena quase doméstica. Assim seria se ela fosse só sua, andando de combinação por um apartamento. Uma das alças caída. Depois o vestido que ela veste pela cabeça, ou pode ser desses de abotoar, mas sempre um vestido discreto, que não sugira um encontro íntimo.

É o último momento dela, ele se levanta, veste rapidamente a calça — já que ela está vestida, ele não quer ficar nu — e vai abraçá-la, não a beija mais, a fim de que não haja nenhum borrão na pintura também discreta. Abraçam-se por alguns instantes.

Eles são vultos recortados na janela do quarto de hotel. Nesse momento, passa o metropolitano. Ela diz, quase murmurando, como se falasse de si mesma: "As pessoas que seguem seu caminho". O que ela não pode saber, nem ele, é que num vagão do trem uma moça sentada junto à janela lança um olhar para o Old Town, sem saber que tipo de prédio é, vislumbra o casal se abraçando e inveja aquela mulher desconhecida amando cheia de paixão.

Depois ela sai do quarto, desce a escada, ele escuta o bater de seus sapatos nos degraus. Ele acende um cigarro à janela e vê quando ela deixa o prédio, decidida, ansiosa, desprotegida.

# 14. Prosa

Um texto que tivesse a indestrutibilidade de uma câmara espiritual, que fosse como uma ponte de ornamentos sobre um rio nublado, em que os vocábulos valessem por seus sons, mas não faltassem a ele estilhaços ficcionais e conseguisse seu autor dar vida a uma mulher que não fosse um simples reflexo do seu desejo. E, sobretudo, não apelasse ele para a pornografia, nem sequer para as enfadonhas descrições eróticas.

Um texto a deixar os pares do autor indecisos entre negá-lo ou aderir a ele, de modo a não correr o risco de uma avaliação prematura que pudesse fazê-los perder o caminho da história.

Um texto que já superasse a tradição moderna, mas não se filiasse a nenhuma outra, pelo contrário, pairando no momento zero de indefinição sobre qual cedo ou tarde se inscreverá a palavra inaugural que ainda não se vislumbrou.

Um texto que não servisse de mero entretenimento, como os das novelas policiais, em que se disfarçam a feiura e o odor de cadáveres, nem o texto do riso fácil dos idiotas. Um texto que não fosse mais um entre tantos contos ou romances, que nada acrescentariam ao corpus da literatura.

Mas não um texto abstrato ou suprarreal, talvez algo escultórico, no momento imediatamente anterior ao primeiro sopro depois da calmaria, no limiar exato da transformação.

E sinto que não serei eu a realizá-lo, mas, por acaso, não me bastará este pressentimento, permitindo que eu repouse como um criador no silêncio da alta noite, que, no entanto, não é bem silêncio, mas o som do fluir da corrente sanguínea?

# 15. O corpo

Eram quinze para as seis da manhã, a claridade apenas despontando e Fernando Antônio levantou-se sem hesitação ao som do despertador do celular, tão baixo que Ana Lívia apenas estremeceu na cama. Fernando Antônio gostava de sentir o corpo de Ana perto do seu, mas não o tocou, para ela não acordar. Ele foi ao banheiro, depois voltou para o quarto e vestiu o shorts e a camiseta, calçou as meias e o par de tênis, para correr à beira da praia, a tempo de retornar e preparar-se para sair antes de oito horas da manhã e dos engarrafamentos. Sempre chegava cedo à corretora, a fim de conferir as cotações das bolsas da Europa e do fechamento na Ásia, antes da abertura do mercado em São Paulo. Poderia fazer isso no próprio celular, mas não queria misturar as coisas: seu apartamento, Ana Lívia e o exercício físico com o trabalho.

Fernando foi à cozinha, bebeu um pouco d'água, descascou e partiu pedaços de mamão, que pôs no liquidificador. Café da manhã completo, ele deixava para tomar na volta, talvez em companhia de Ana Lívia, quando a empregada já tivesse chegado.

Com o copo de suco na mão, caminhou até a janela da sala, no oitavo andar, que passava a noite fechada, por causa do vento que vinha do mar. Abriu-a, sentiu o ar fresco da manhã, o cheiro da maresia, ouviu o barulho das ondas quebrando, mais nítido a essa hora e também notou que onde uma onda se formava havia algo parecido com um corpo negro boiando, mas, com a luz ainda insuficiente, não podia identificar se era um afogado, um surfista madrugador, ou alguém nadando.

Fernando bebeu o último gole do suco e dirigiu-se à porta do apartamento. Tomou o elevador e, ao chegar à rua, notou que algumas das pessoas que vinham cedo para correr ou caminhar no calçadão haviam parado do outro lado da avenida Vieira Souto e olhavam em direção ao mar. Resolveu então atravessar a avenida e certificou-se de que havia mesmo o cadáver de um negro que era jogado de um lado para outro, e para cima e para baixo nas ondas. E Fernando não pôde deixar de filosofar como todo mundo diante de um cadáver, filosofia que podia ser reduzida à sua expressão mais simples com as palavras: o homem negro está morto, eu estou vivo, mas também vou morrer. Sentiu-se levemente deprimido e iniciou imediatamente sua corrida.

Naquele momento, três rapazes carregando pranchas de surfe vinham chegando pelo calçadão e um deles disse: "Vamos chegar lá perto para ver". Outro respondeu: "Que é isso, mermão, defunto a uma hora dessas? Vamos pro Arpoador". E o terceiro surfista disse para o segundo, em voz bastante alta, de modo a ser ouvido pelo primeiro, o que fizera a proposta e já pulara para a areia: "Olha lá o Juninho, olha lá: vai pegar onda com o defunto".

A sra. Carlota Macedo, viúva, sessenta e oito anos, viera descendo às seis e meia daquela manhã a rua Joana Angélica e acabara de chegar à avenida Vieira Souto. Vestida com um moletom, um biquíni por baixo e usando tênis, a sra. Macedo queria mostrar-se, inclusive para si própria, como uma caminhante igual às outras, mas seus passos eram nervosos, sem ritmo. Carlota tomava comprimidos contra a depressão e a insônia, mas seu sono não costumava passar das quatro e meia, cinco da manhã. Ela virava de um lado para outro na cama, mas não dormia mais e, compulsivamente, se ligava em algum pensamento depressivo, que levava a outro e mais outro e mais outro. Seu psiquiatra já lhe dera permissão para telefonar para ele a qualquer hora, mas, quando ela ligava assim tão cedo, invariavelmente a chamada caía numa secretária eletrônica ou caixa postal. O psiquiatra, os poucos amigos de Carlota e seus filhos, impacientes, aconselhavam-na a não ficar parada e fazer ginástica, ou caminhar, tomar sol e banhos de mar, o que ela pretendia fazer naquela manhã, embora lhe custasse muita coragem, principalmente para mergulhar.

Carlota caminhava como se pudesse fugir de si mesma, da sua mente, mas, apesar do exercício aeróbico, dentro dela era um labirinto sempre conduzindo ao medo, ao pânico e a um desejo de morrer durante o sono. E o pior era quando o sol, iluminando a praia, tornando o céu completamente azul, feria a sua vista, contrastava com o cinza que ela trazia dentro de si. Mas ela não ia desistir assim tão fácil e, cruzando a avenida, começou a caminhar em direção ao Arpoador.

Aproximando-se da rua Vinicius de Moraes, Carlota se deu conta de duas pequenas aglomerações, uma no calçadão, outra na beira do mar, no lado oposto à rua Farme de Amoedo. O coração dela disparou, mas Carlota tinha a esperança de que não fosse um afogado, e sim, por exemplo, uma baleia aproximando-se da praia, o que não era assim tão raro. Depois de fixar seus olhos no oceano e não ver baleia alguma, Carlota pensou em dar meia-volta e caminhar na direção contrária. Mas era perto do Arpoador, cuja direção ela tomava, já que o mar era mais calmo para entrar na água. Carlota prosseguiu e, bem próximo à Farme de Amoedo, viu o corpo do homem negro no mar, que era jogado todo desengonçado pelas ondas e com toda a certeza estava morto. Não podia haver cena mais tétrica do que essa e, andando com passos mecânicos, Carlota viu ainda mais nitidamente o corpo. No instante seguinte, ele estava no topo de uma onda e Carlota julgou ver seus olhos abertos. Disse para si própria, antes de virar-se e andar o mais depressa possível no rumo da rua Joana Angélica e de casa: "Esse já não sofre mais".

Mas, afinal, o que aconteceu com ele? Um banhista que se afogou tão cedo? Quando, depois de ser, por fim, depositado na areia, viu-se que havia um buraco de bala em sua testa. Isso devia ter acontecido havia não muito tempo e perto dali, porque o corpo não exibia sinais visíveis de decomposição, disse um cabo da PM que chegou ao local, com um soldado da corporação, que estacionou a viatura próxima à calçada. Depois de puxar o cadáver um pouco mais para a areia, o cabo verificou que no bolso da bermuda, única vestimenta do morto, não havia nenhum documento nem dinheiro. O outro policial trouxe do carro-patrulha um plástico preto e com ele cobriu o cadáver. "É capaz de ele ter sido morto lá nas pedras do Arpoador", disse o cabo.

Sentado num banco da calçada, um senhor aposentado, vendo a cena, lembrou-se de uma história que lera numa coluna de jornal, havia alguns anos, sobre os cadáveres de dois afogados amarrados por cordas por algumas horas num barco do Serviço de Salvamento, no Mourisco, à vista de pessoas que almoçavam numa churrascaria em frente ao mar. E várias delas foram embora, é claro.

* * *

Por volta das oito horas, horário em que as mães levavam as crianças pequenas para a praia, o corpo sob o plástico ainda continuava lá. Os banhistas matutinos guardavam uma boa distância do defunto. Afinal, ninguém quer pegar praia perto de um morto.

Mas um pregador bíblico, vestido com um velho terno, sem gravata e surgido não se sabia de onde, aproximou-se do cadáver e pronunciou, elevando a voz, a seguinte prédica, tirada do Livro da Sabedoria:

"Pois do nada somos nascidos e depois desta vida seremos como se nunca tivéramos sido. Pois a respiração de nossos narizes não passa de fumaça e a razão é como faísca para mover nosso coração."

Quando chegou em casa, às sete, Fernando Antônio já encontrou a mesa arrumada para o café da manhã para duas pessoas. Mas não sabia se Ana Lívia ia acordar a tempo de tomar café junto com ele. Ela costumava dormir ali duas ou três vezes por semana e às vezes só se levantava depois que ele saía. Fernando foi ao banheiro, fez a barba, tomou uma chuveirada e depois, já no quarto, começou a vestir o terno. Pôs a camisa, os sapatos, a gravata, mas o paletó deixou para depois.

Ana Lívia sonhava com uma centopeia que lhe subia pela perna. Pronunciou algumas palavras aflitas e incompreensíveis, abriu os olhos e viu Fernando Antônio. "Me abraça", ela disse.

Ele sentou-se na cama, abraçou-a e disse que tinha de ir, mas ainda dava tempo de tomarem café juntos. Ela disse para ele ir na frente, que ela já ia.

Ana Lívia entrou na sala vestida com uma camisa de Fernando, de mangas compridas, e a calcinha por baixo. Cumprimentou Ifigênia, a diarista, e sentou-se. Era bem jovem, morena e bonita. Fernando preferiu não comentar o homem morto na praia. Com o pé direito acariciou a coxa de Ana Lívia sob a mesa, mas logo teve de levantar-se para sair. Ela saiu uma hora mais tarde, para a faculdade onde fazia mestrado.

No acostamento da pista da praia, lá pelas dez horas, chegou o rabecão. Sem maiores cuidados, dois funcionários do Instituto Médico Legal trocaram o plástico da polícia por um do Instituto e depois puseram o morto coberto num caixão de metal e o levaram para um furgão em que estava escrito IML — TRANSPORTE DE CADÁVERES.

Na carroceria do furgão, havia mais dois corpos, além daquele do homem negro, cada um em uma gaveta, restando uma vaga. Nenhum ser humano vivo ali naquela parte do veículo. No entanto, havia vida ali, inconsciente, dos vermes que já tinham começado a devorar os cadáveres. Que vermes são esses? Nós, os leigos, não sabemos, mas já os trazemos dentro de nós, à espera de tomar conta do nosso corpo.

# 16. O torcedor e a bailarina

Trata-se de uma história de futebol, dança e amor.

Um torcedor fanático de um clube de futebol, que assiste pela TV a uma final de campeonato brasileiro, em que o seu time poderá sair campeão. Para isso, basta-lhe o empate, na casa do adversário, em São Paulo, enquanto o torcedor, Valfrido, mora no Rio. E o jogo está empatado em um a um, no segundo tempo, fazendo o torcedor sofrer de angústia e tensão crescentes, à medida que se aproxima o final da partida. Aterrorizado, Valfrido vê o seu time levar um gol já nos descontos, aos quarenta e sete minutos.

Tem vontade de gritar palavrões, chutar cadeiras e móveis, quebrando o que vê pela frente. Já fez isso outras vezes em situações semelhantes. No entanto, dessa vez, queda paralisado, tentando não se envolver emocionalmente com as comemorações do time e dos torcedores adversários lá no Pacaembu e com os festejos de rua em São Paulo. Na última vez em que Valfrido teve um ataque de nervos daqueles, por causa de futebol, correu em sua sala e bateu o topo da cabeça, de propósito, com toda a força, na parede. O que lhe valeu algumas lesões no cérebro, causando-lhe uma falta de coordenação motora que faz dele uma espécie de boneco meio desconjuntado, porém com uma inteligência normal. E ele tem medo também do que pode acontecer dentro de si caso represe sua raiva — simulando um distanciamento crítico — como sofrer um acidente vascular cerebral que o deixe paralisado. Então Valfrido agarra o controle remoto da TV e aperta com força vários botões ao acaso. O número que aparece na tela é trezentos e oitenta e três, canal que ele nem supunha funcionar.

Imediatamente Valfrido é envolvido por música e por uma bailarina, que dança num cenário que reproduz uma casa e seus entornos, tudo estilizado em formas surpreendentes para ele. Já a roupa que a moça usa, sem malha, apenas a calcinha por baixo, é muito comum, simplíssima, um vestido apropriado para quem está realizando tarefas domésticas, primeiro num quintal, recebendo raios terminais da tarde de sol, depois dentro de casa, onde Catherine Kantor (seu nome surge às vezes num letreiro) ajeita num vaso flores impossíveis que trouxe lá de fora, tudo isso sem parar de dançar, enquanto algumas frutas que a moça dispõe sobre a mesa, junto a uma garrafa de vinho e pães, formam uma composição pós-Cézanne, sem dúvida uma citação do mestre, que Valfrido, evidentemente, não pode identificar, embora, num determinado momento, ele associe os passos da moça a jogadas clássicas, e moderníssimas, de Zinédine Zidane, o jovem. Mas Valfrido logo afasta o mestre franco-argelino da cabeça, pois não quer pensar em futebol.

Uma das coisas que mais emocionam Valfrido é que a jovem bailarina é ligeiramente manca, como se Zidane (ele outra vez) jogasse machucado, ou talvez simulasse isso, depois de cavar uma falta. Ou quem sabe a moça feriu-se no quintal, antes que Valfrido sintonizasse o canal trezentos e oitenta e três. Depois ele vai ler no letreiro que a coreografia é de Pina Bausch, nome que passa a lhe dizer alguma coisa, pois ele adora toda a dança, enquanto a música é de Gustave Malevitch. A música parece vir de um grande rádio, daqueles antigões, e mistura ruídos diversos de uma cidade grande à noite, que a bailarina segue, concretamente, mas que a toda hora se transformam numa melodia que, apesar de um tanto triste, ou anunciadora de trevas, quem sabe doces trevas (o torcedor sente isso intuitivamente), permite a Catherine como que flutuar sobre o chão. E há um momento em que ela para por um segundo, diante de uma escrivaninha, sobre a qual há manuscritos, estudos artísticos e pautas, e pega um porta-retratos e o olha com profunda nostalgia. Valfrido sente um ciúme pior do que a raiva pela derrota do seu time. Mas ao perceber que não há ali nenhuma fotografia, ele, interiormente, instala seu retrato naquele porta-retratos.

Mas o que faz sua respiração verdadeiramente ficar presa é quando Catherine se aproxima de um armário, abre uma porta espelhada e tira lá de dentro um traje. Depois, como se adivinhasse o desejo do moço que a vê, a moça retira o vestido pela cabeça, e está ali, com os seios de fora, diante do duplo de seu corpo. Fica assim por bem pouco tempo, mas suficiente para que se instale em Valfrido um amor e um desejo para sempre, pela moça e pela personagem que ela encarna.

A roupa que Catherine agora veste faz dela uma espécie de pássaro grande como uma águia, cujo voo é uma dança enérgica, que, por recursos de computador, vai alçando a bailarina a um monte escarpado. Depois aquela agitação cede lugar à quietude, tudo em consonância com a música, permitindo, porém, dissonâncias rítmicas do corpo, mas em geral como se Catherine agora estivesse planando, até pousar numa grande pedra, criada por computação gráfica, claro, mas muito convincente. E a ave-moça de rapina olha para um lado, para o outro, depois fixa seu olhar em frente, como se olhasse para Valfrido, especialmente.

E tudo vai caminhando para um final, para a noite, trevas, e também o torcedor, sem que agora sinta qualquer falta de coordenação em seus gestos, senta sobre um banco alto, que o cenógrafo, que é este autor, faz aparecer ali, misteriosamente, naquela sala acanhada, onde uma vela ardia e agora se apagou, feitiço inútil, diante da camisa colorida do time de Valfrido. E também sobre o Rio de Janeiro caiu a noite, tranquila, sem manifestações de torcedores, pois o clube campeão é de São Paulo.

E enquanto os últimos movimentos de Catherine são o de abrigar seu corpo sob sua asa de águia, para logo dormir, tendo diante de si o mais profundo abismo, Valfrido também consegue, com gestos surpreendentemente graciosos, deitar sua cabeça entre o ombro e o peito, e com os olhos cheios de sono ouve até a última manifestação da música, depois que os nomes de todos que fizeram aquele espetáculo, que contribuíram para ele, apareceram na tela, a noite caindo sobre Catherine, sua montanha, seu abismo, quando Valfrido, com um clique no controle, desliga a TV, que era a única fonte de luz em sua sala. E ele se deixa adormecer assim, como um pássaro, nem que seja por alguns minutos, com sua dançarina-pássaro e seu abismo, fundindo-se a ela, naquele anoitecer para sempre inesquecível em sua vida. Ela, Catherine, que será para ele como *la eterna*, do escritor argentino Macedonio Fernández, sem que Valfrido o saiba.

# 17. Amor a Buda

Na escultura *Tentação* (*Tangseng e Yaojing*), de 2005, do chinês Li Zhanyang, uma bela jovem tenta seduzir Buda. É muito impressionante que, já ao nos aproximarmos da obra, como que penetrando em seus domínios, somos capturados por uma atmosfera de sensualidade única, iminente, literalmente original, que envolve não apenas nossos sentidos, mas todo o nosso ser. Uma sensualidade que nada tem a ver com o erotismo que poderia se esperar de representações do sexo e do desejo orientais, nem com o erotismo banalizado do Ocidente.

Nesse conjunto escultural, todo ele feito em fibra de vidro pintada, há várias surpresas que nos encantam e fazem nosso coração bater mais forte. Mas acho que o encanto e a surpresa maiores ficam por conta da maneira ao mesmo tempo tão ostensiva e tão delicadamente feminina com que a moça se oferece ao mestre. Mas isso deixo para daqui a pouco.

Também é absolutamente surpreendente esse Buda, nem magro nem gordo, muito elegante em seu quimono amarelo — como se feito do melhor tecido — coberto em parte por um manto vermelho, com riscos brancos que formam quadriláteros com a forma e a cor de tijolos compridinhos, propiciando que uma guia ali no centro cultural diga a estudantes que, com esses tijolos, essa construção, o artista quis representar a Muralha da China, que tem sido transposta, nos últimos tempos, por uma enxurrada de influências ocidentais.

Não há dúvida de que a obra de Li Zhanyang integra esse diálogo com o Ocidente. No livro catálogo da exposição China Hoje, coleção Uli Zigg, no Centro Cultural Banco do Brasil, no Rio de Janeiro, em que foi exposta essa *Tentação* em 2007, faz-se uma aproximação do artista chinês com a pop art e com o norte-americano Jeff Koons, *por celebrar a força subversiva da sensualidade em suas esculturas gritantes, perigosamente próximas do kitsch*. Mas não é bem esse o caso de *Tentação*.

E penso que, a partir da maioria das esculturas que pude ver reproduzidas de Zhanyang, o mais exato seria aproximá-lo dessa variante da pop art que é o hiper-realismo, o que não deixa de ser coerente com o desenvolvimento da arte num país em que, como em todos os outros países comunistas, os artistas foram coagidos a ser figurativos — e positivos em relação à sociedade e ao regime. Para serem críticos desse regime e de sua arte oficial, bastava realçar, ou mesmo exagerar, a representação realista, chegando ao *realismo cínico*, expressão das mais felizes e que é citada por Li Xianting no seu breve ensaio crítico "Arte chinesa contemporânea e declínio de uma cultura", publicado no catálogo da exposição China Hoje.

Mas me parece que na escultura *Tentação* há muito mais refinamento do que nas obras hiper-realistas ocidentais que conheço, mesmo observando as afinidades entre ambas, como na utilização da fibra de vidro pintada e de um minucioso figurativismo fortemente expressivo. Nessa obra de Zhanyang há toda uma sutileza, um pé fincado na tradição da China, como o fato de o casal — que não se toca — estar ocupando um espaço íntimo no aconchego de uma flor de lótus — portanto, um espaço também simbólico e que nos remete à frase de Joyce tão valorizada por Marshall McLuhan: *Quando o leste encontrar o oeste, teremos a noite como manhã.*

De todo modo, é um Buda (no subtítulo leva o nome de um personagem lendário, Tangseng) com uma coroa de príncipe na cabeça, conforme seus inícios, segundo a tradição, e nessa coroa vários outros Budas ou monges pintados, diferentes deste principal, mas nenhum andrajoso ou obeso, como em algumas das representações do divino mestre, porém sempre em postura de oração ou meditação.

Sim, as mãos do Buda (Tangseng), de Li Zhanyang, assim como o corpo dele estão em posição de orar e meditar.

Em seu rosto cheio, aparentando trinta e poucos anos, um viço incomum, sem nenhuma ruga ou vinco, enfim uma expressão de absoluta serenidade. Em princípio, Buda está imune à tentação, seus olhos parecem fitar o vazio.

Significaria isso que ele está completamente alheio à moça? Deixemos uma possível resposta para depois.

Mas como é mesmo a moça e como se apresenta? Para apreender alguns detalhes na figura da jovem, é preciso dar a volta em torno do conjunto, e mais uma vez se evidencia sua formosura, tanto de rosto como de corpo, e é importante ressaltar que, embora não deixe dúvidas quanto às suas intenções, nada é excessivo nela, como se soubesse que qualquer acinte vulgar seria desmerecer o divino mestre, que ela tem, é claro, em alta conta.

Apoiada na mão e na perna esquerdas, ela se encontra sentada aos pés de Buda, muito próxima a ele. Magra na medida certa, veste uma túnica cor-de-rosa num matiz discreto e estampada com flores, ramos e frutos que sugerem o lótus; traje que Zhanyang faz parecer de um tecido tão macio que dá ao contemplador uma vontade de tocá-lo, sentir a pele, o corpo da moça. Na parte da frente, a blusa de mangas compridas está aberta, deixando ver sobre um corpete a parte superior dos seios de tamanho perfeito, e essa é a maior ousadia do vestuário, sem que isso implique em qualquer concessão ao mau gosto.

O rosto jovem de Yaojing tem os melhores traços do Oriente, e por isso levemente mitigados, e nos lábios e nas faces há uma pintura sóbria — ela não precisa de mais do que isso. Seus olhos contemplam o Buda, entre outras coisas como se quisesse desvendá-lo e ver também o possível efeito que causa nele, e para atraí-lo com o olhar, essa outra arma da sedução. A longa trança nos cabelos muito negros, assim como um adorno a eles preso — um ser que tem algo de borboleta e algo de vegetal — já são por si atributos de um amor que se propõe.

Amor e desejo que se expressam em gestos, como nos dedos entreabertos e esmaltados do pé direito, que se erguem em direção a Buda (Tangseng), e com esse movimento as pernas se afastam uma da outra, sob a túnica, marcando muito discretamente a roupa de baixo. Nunca esquecendo que tudo é feito de fibra de vidro pintada, que causa uma impressão de realidade, da carne e dos trajes, como se fossem palpáveis. Na mão direita, também com os dedos esmaltados, Yaojing segura, levemente, com o polegar e o indicador, uma frutinha que oferece ao mestre, creio que o fruto do lótus, que na *Odisseia* de Homero era utilizada pelos habitantes de uma terra visitada por Odisseu para ser transportados a um estado de sonho e esquecimento de si, o que seria notável e quase inimaginável caso consumida por alguém com a mente já tão expandida como Buda.

Voltando: estará Tangseng, ou Buda, tão alheio à moça e à tentação como seus olhos deixam transparecer?

Vamos apostar que não. Que mesmo que ele deixe ir e vir todos os estímulos externos que perpassam sua mente, terá havido alguns instantes em que a moça capturou seu olhar e seu pensamento. E não nos esqueçamos de que Yaojing, necessariamente, estará usando alguma fina essência, cujo perfume será impossível não notar à tão curta distância.

Do contrário, nem se poderia falar, rigorosamente, em tentação, e teria sido para ninguém, ou para si mesma, que ela apresentou, com tanto esmero e na medida certa, seus encantos.

Supondo, assim, que Buda esteve atento também a Yaojing, poderia haver, para além do tempo e do espaço da obra, possíveis movimentos, desdobramentos, às vezes apenas no interior dos protagonistas e, certamente, no interior de muitos que têm contemplado a escultura.

Tangseng, o Buda, é um homem em sua plenitude e, sob suas vestes, estará pulsando o sexo com grande vigor. Ele está atento também para isso em seu corpo, um estímulo que pode durar um bom tempo, sem que nada faça a respeito, até que o estímulo cesse e Tangseng volte apenas a meditar com plena atenção.

Yaojing, não obtendo êxito em sua tentativa, mantém, fascinada, sua atenção presa à fisionomia e ao corpo ereto de Buda. Sua admiração pelo mestre só faz aumentar com a aparente indiferença dele aos seus encantos. Seria ela, uma mulher, também capaz de atingir tal estado? Mas estaria isso de acordo com sua natureza?

Buda, com a parte de sua mente que está atenta a Yaojing, vê que ela lhe parece tão fiel à sua natureza, a seus atributos femininos. Por que haveria de querê-la diferente do que é? Por que não posso afastar-me de um rumo que parece traçado para mim, meu retiro físico e espiritual inabalável? Por que Buda não poderia amar uma mulher em particular?

Subitamente, num impulso, Tangseng vira o rosto para Yaojing, abre os braços para ela, que, surpresa e encantada, vai aninhar-se no colo dele. Não há palavras para descrever a beleza da posição em que se encontram, bem juntinhos. Ah, como Buda se sente homem; como Yaojing se sente uma frágil mulher.

Se Li Zhanyang houvesse realizado uma segunda escultura com eles assim como um verdadeiro par, esta não poderia ser nomeada de *Tentação*. E mais do que iconoclasta seria uma obra até herética. E, depois de uma segunda, por que não uma terceira, uma quarta? Bem, ainda que sem esculturas seria impensável um casal permanecer indefinidamente nessa posição. Um primeiro passo foi dado, outro teria de vir, e mais outro, e assim por diante.

Predominam agora a paixão e os sentidos, e eles experimentarão, no decorrer dos dias, várias formas de amar, descobrirão novas posições, como em uma escultura das mais escandalosas de Li Zhanyang, em que um homem copula com uma mulher pelas costas. Animalesco? Mas por que não dizer humano se todos e todas fazem assim?

Tangseng também ama Yaojing na posição mais simples de todas, com a moça frágil, magra, quebradiça, feminina, lânguida, sob o corpo dele. "Ah, a mulher", Buda diz. "Gostaria de ser uma durante algum tempo, ser você, Yaojing, com seios e tudo, e me sentindo preenchida." E Buda sorri, muito meigo. Yaojing ri e diz: "E eu ser você, Tangseng, ter um pau e metê-lo em mim".

Yaojing está muito feliz, não apenas por ter conquistado Buda, mas também por que se sente plenamente uma mulher e essa é sua natureza. Eles trocam uma infinidade de juras de amor, palavras poéticas e até ridículas, mas sem dúvida o que mais condiz com amantes são as palavras cruas como aquelas de Yaojing de querer ter um pau. Buda também pronuncia as suas. Sentem extremo gosto, como todos os amantes, de descrever o que um faz com o outro e o mais íntimo de seus corpos.

Mas, ainda que a meditação de um Buda pareça fluir num

tempo eterno, o tempo sempre se faz valer nos seres e nas coisas, até mesmo nas vastidões cósmicas. Ainda que os amantes pensem e se reassegurem de que serão felizes e se amarão para sempre, dessa maneira apaixonada, o tempo passa também para eles, que deveriam, caso tivessem sabedoria, satisfazer-se com alegrias mais modestas. Buda sabe muito bem disso, e pensa que se contentaria em nem mesmo ser um Buda, já que cedeu à tentação. Aliás, Buda sabe que é um homem, nunca deixou de sê-lo, só que conectado com o infindável e o inefável.

Yaojing, que gozou de seu triunfo de conquistar o que parecia ser impensável, conquistar um Buda, que gozou ao máximo dos prazeres e do amor, vai se dando conta de que os momentos mais excitantes que viveu com Tangseng foram os do desafio que ela venceu, os dos primeiros amplexos e carícias, os dos conhecimentos dos corpos deles inteiros. E que agora já há os intervalos de tédio, de certa melancolia, uma instabilidade de sentimentos, o ódio. Amar e foder demais é muito pegajoso. Mesmo sendo Tangseng um príncipe e um Buda, agora ele é o conhecido, a repetição, um homem, e ela quer lançar-se ao ainda não conquistado.

Buda não desconhece esses sentimentos, mas os aceita e deixa que passem. E não se importaria de viver a vida cotidiana. Que o imperfeito e o incompleto é que são a natureza, mesmo de um Buda. E o curso natural das coisas seria Yaojing ficar grávida, então eles teriam vivido o nascer do amor, o crescer dele, o gerar, o acalmar-se, o envelhecer. Mas Yaojing não se lembra de que é inútil tentar retardar o tempo, quer estar sempre apta à sedução.

Voltando ao primordial, *Tentação*, como toda escultura — não interessando aqui as exceções —, fixa o momento em que Buda, em estado de profunda meditação, é tentado pela moça tão bela, Yaojing, que se vale de toda a sua beleza e todos os seus artifícios, que nela são naturalmente sedutores e graciosos.

Ainda que num fragmento mínimo de tempo, mas que para Buda é tão elástico, sua atenção cravou-se em Yaojing, e nesse tempo ele viveu os episódios possíveis de uma história com a moça, e também os desdobramentos que ela teria vivido com ele, a partir da tentação, de seu momento mais perfeito de sedução, conforme sua natureza, segundo Li Zhanyang.

# 18. Heavy metal

Escombros. Um odor de carne chamuscada. Porém não se detecta a presença de cadáveres. Aqui e ali, como sombras, algumas paredes e edificações remanescentes. A torre caída de uma catedral gótica sob fragmentos de vitrais estilhaçados. A reverberação de suas cores projetando num lago castelos abstratos.

Um bando de delinquentes juvenis, as mãos nos bolsos dos casacos, atravessa agora essa profundidade cênica em direção à vitrine de um *gran magazin* no fundo do cenário. Arrebentam-na com chutes e se atiram sobre poltronas e sofás do mostruário, enlameando tudo com suas botas.

Um dos rapazes ressurge do interior da loja, carregando iguarias enlatadas e garrafas. Dá-se início a um festim silencioso, a não ser pela TV transistorizada que se lembraram de ligar. E que capta, não se sabe de onde ou quando, entre sinfonias tenuemente marciais, a cavalgada de valquírias seminuas sobre motocicletas a perderem-se de vista numa avenida no meio do deserto. Às suas margens, imensos outdoors marcam os ícones de uma civilização recente.

Enquanto isso, no exterior da mansão improvisada e saqueada, entardece e esfria prematuramente, parecendo que ao calor artificial se sucederá uma noite gélida. Como se em algum ponto se houvesse trincado a crosta atmosférica e através desse vão começasse a soprar um vento cósmico.

Alguém que penetra lentamente nessa paisagem da tarde e é possuído pela alegria solene de considerar-se o único ser no crepúsculo. Pois, se todos desapareceram, não pode haver tragédia para o sobrevivente, mas o êxtase.

Usa ele um sobretudo, com a gola levantada, e assobia uma canção aprendida também não se sabe onde ou quando: "Feuilles mortes". E galga, então, afundando seus sapatos, o declive de uma duna coberta de cinzas.

E lá de cima, de repente, o panorama que se abre: um rio que passa, caudaloso e pardo, borbulhante de vapores rumo às longínquas paragens do inabitado.

Estendida à sua borda, uma adolescente nua, com seus óculos escuros, se oferece aos últimos raios de um sol pálido.

Apressa-se o personagem a ir ter com ela, porque ao último homem — é o que ele pensa —, deve destinar-se a última mulher e a ele cabe protegê-la debaixo do capote, bem juntinho à costela.

Aproxima-se, porém, vertiginosamente, um vento ferruginoso em rodamoinhos. E escuta-se, alhures, uma gargalhada desdentada de alguém feliz por finalmente achar-se entre seus pares.

Desfaz-se a menina em pó diante do homem e permanece apenas o par de óculos escuros sobre a terra esturricada. O homem o coloca sobre seus olhos, senta-se no chão e nada lhe resta a não ser transformar-se no espectador privilegiado de um clímax.

Anoitece e estampa-se uma lua partida na abóboda celeste.

E, no alto de um monte de entulho, surge o perfil de um violinista com seu instrumento. Sua casaca está rasgada em tiras, seu rosto, enegrecido de cinza e pólvora e, no entanto, desde as primeiras notas da melodia ele a executa com toda a dignidade de um rito.

# 19. O homem-mulher II

Levantando-se todos os dados relevantes, como de fato foram levantados, a respeito de Adamastor Magalhães, ou Fred Wilson, ou Zezé, pode-se dizer que tudo começou quando ele, ainda rapazola, em Belém do Pará, usou uma roupa feminina num bloco de sujos, com uma calcinha por baixo, durante o Carnaval, como muitos homens faziam. Mas é de supor que, morando com a mãe e duas irmãs, ele tenha experimentado outros vestidos escondido.

E também é certo que, estando em plena adolescência, tenha sentido um verdadeiro frisson com o ventinho nas pernas e uma calcinha envolvendo seu pau, quando experimentou a roupa de uma irmã pela primeira vez. Ele sentiu esse corpo feminino em si ou contra seu corpo. Teve de ajudar-se com a mão para gozar, mas a marca ficou indelével: homem e mulher num corpo só, que sente prazer.

Talvez, se Adamastor tivesse o pai vivo, levasse uma tremenda bronca ou até uma surra ao ser flagrado usando um vestido. Mas o pai de Adamastor já morrera e ele era criado pela mãe e mimado pela tia paterna, solteirona. Mas é escorregadio, no caso, explicar as coisas pela psicologia, e o melhor é deixar falarem os fatos.

Depois, havia esse lance mais livre dos blocos de Carnaval, e isso era mais do que comum em todas as cidades brasileiras, homens vestidos de mulher, caricaturalmente ou não, em grupos, blocos ou até sozinhos, e não havia quem os chamasse de veados por causa disso. Divertiam-se para valer Adamastor e seus amigos.

Mas uma experiência verdadeiramente significativa se deu numa segunda-feira de Carnaval em que Adamastor, de vestido, e uma garota fantasiada de odalisca se enrabicharam, entrando num bloco de mãos dadas, relando aqui e ali e trocando beijos furtivos, procurando não ser vistos pelos pais da garota, de dezesseis anos (ele tinha vinte e três), que eram turistas de Goiânia, gente severa, tanto é que às dez horas levaram a mocinha para casa.

Na terça-feira gorda, última noite dela na cidade, resolveram escapulir de toda a vigilância, pois Adamastor comprou de um amigo um quarto de frasco de lança-perfume. Às oito horas foram seguindo um bloco, comportadinhos, até que passaram por uma rua mal iluminada, transversal à avenida em que o bloco desfilava, e que ia dar no cemitério menor da cidade. Aí começaram a correr para conseguir chegar a um lugar ermo e poder cheirar o éter em paz. Mas, ao passar em frente ao cemitério, viram que havia um portão entreaberto e Adamastor puxou pela mão a garota, Dalva, e logo já estavam lá dentro, junto ao muro que cercava os túmulos, a capela e o resto todo.

Medo só um pouquinho, de encontrar alguém que tivera a mesma ideia ou gente de algum velório. Mas não encontraram ninguém, nem o vigia, que devia estar misturado aos foliões, mesmo que fosse só para assistir. Porém, mais do que depressa, se esconderam à entrada de um túmulo grande, desses de família rica. Ofegavam e a garota, safadinha, pegou a mão direita dele e a encostou no seio esquerdo dela. "Olha como meu coração está batendo." Adamastor aproveitou a deixa e abriu dois botões da blusa da fantasia dela, afastou o sutiã e lançou ali um jato de éter. Ela se contraiu toda e disse: "Que geladinho", mas ele já estava aspirando entre os seios de Dalva e depois chupou um dos mamilos dela. Com o éter, Adamastor sentiu um zunido nos ouvidos e o mundo era aquela alucinação cheia de túmulos, estátuas e cruzes, tudo muito nítido e com sombras, porque era noite de lua cheia, e aquela garota vivinha da silva.

"Agora é sua vez", ele disse e levantou sua saia — quer dizer, a saia da irmã — e, com a mão esquerda, encharcou a calcinha de lança-perfume. Puxando a cabeça da menina para baixo, fez com que ela se ajoelhasse aos seus pés e disse:

"Cheira minha calcinha o mais forte que conseguir."

Dalva ficou doida demais, o mundo rodopiava e ela vendo a lua, os túmulos e os vaga-lumes e ouvindo o barulho dos grilos, ao mesmo tempo que tinha certo medo de estar entre os mortos. Mas nem teve tempo direito de sentir esse medo, pois Adamastor baixou a calcinha que estava usando, enfiou o pau muito duro na boca da garota e falou "Chupa maciozinho", e a menina fez direitinho, por pura intuição, porque era a primeira vez e, ainda doidona, excitadíssima com um pau aparecendo sob um vestido e uma calcinha, engoliu a porra e gostou, porque vinha dele e era assim um pecado imenso no cemitério.

Não restava muito do lança e Adamastor olhou ao redor e puxou Dalva pelo braço até um túmulo branquinho e cheio de flores, com uma estátua que parecia vestida com roupa de santa, mártir, muito bonita. Dalva acomodou-se na estátua, que era inclinada, e ele levantou a saia da garota, que já tirara a calcinha, e depois tirou a sua e foi lambendo a xoxota da menina, depois cheirou éter na barriga de Dalva, para não arder na boceta dela, e Dalva continuava doidaça, apesar de o efeito do lança-perfume já ter quase passado, mas ser lambida na boceta era melhor ainda, e ele, Adamastor, o danadinho, quando chegou ao clitóris de Dalva, só roçava com a ponta da língua, como as putas lhe haviam ensinado.

Adamastor jogou lança de novo nas duas calcinhas fora dos corpos, mantendo a dele no rosto de Dalva, e tinha o controle de tudo e, tendo cheirado mais na calcinha dela, levantou o vestido da garota e entrou com tudo nela, que gritou de dor, abafada pela calcinha que ele pressionava contra seu rosto. Enquanto isso, lá embaixo, saía o sangue de virgem. Ela não chegou a gozar, por causa da dor, mas estava preenchida e exaltada. E ele, apesar de já ter gozado uma vez, gozou outra, e depois caiu para o lado, juntinho de Dalva sobre a santa, as respirações voltando ao normal. Em silêncio, eles ouviam o barulho dos grilos e do piar de corujas e viam os vaga-lumes e até as estrelas, e ouviam a banda tocando músicas de Carnaval, lá para os lados da praça: *Quanto riso, oh, quanta alegria, mais de mil palhaços no salão, Arlequim está chorando pelo amor da Colombina, no meio da multidão...*

Adamastor tentou esguichar mais um pouco de éter na barriga de Dalva, para depois cheirar ali, quando viu que o frasco de lança-perfume estava completamente vazio.

"É melhor a gente ir", disse Dalva, recompondo-se. "Meus pais devem estar me procurando; eu vou na frente, você vai depois."

"Espera aí, vem cá só um minutinho."

Adamastor a puxou pelo braço, também já se recompondo com o vestido da irmã. Iam limpando as roupas como podiam e chegaram, conduzidos por ele, até um canto do cemitério, onde havia um pequeno trecho de terra solta e duas pás, com toda certeza para cavar uma nova sepultura.

"Essa aí está aguardando um novo morador." Ele fez Dalva rir.

Como as calcinhas estavam com sangue, eles não as vestiram e Adamastor, com uma das pás, abriu facilmente um buraco, jogou a sua lá dentro e falou para Dalva imitá-lo, o que ela fez sem hesitação.

Adamastor então jogou o frasco dourado de lança-perfume, que brilhou à luz da lua. Ele abençoou com a mão direita aquele conjunto, pegou a pá e jogou terra por cima.

Dalva, rindo, segurou o braço dele e disse:

"Eu te amo, Fred."

"Eu também te amo, Dalva."

Adamastor beijou fundo e longamente a boca de Dalva e foi correspondido com ardor.

"Mas eu te amo é para sempre", disse Dalva.

"Eu também, queridinha."

Primeiro saiu ela, depois saiu ele. E nunca mais se viram.

Mas toda vez que ele ouvia uma música de Carnaval, sentia saudades de Dalva e da farra no cemitério, e pensava que ela devia sentir o mesmo, até se já fosse noiva ou casada. Adamastor saía de mulher em todo Carnaval e mesmo nas festas juninas e nos Sábados de Aleluia. O pessoal da cidade acabou se acostumando com ele assim, e Adamastor, ou Fred Wilson, quando ia na zona experimentava os vestidos das putas, que o adoravam e davam para ele de graça ou até lhe passavam algum dinheiro.

Os anos passaram, novos Carnavais e Adamastor saiu em um ou outro bloco, travestido. Tentava ver Dalva entre os forasteiros, mas nada. Às vezes, depois de cair na folia, ficava nos botequins, jogando sinuca, vestido de mulher, e sendo ele, e Carnaval, ninguém achava nada demais. Às vezes voltava a cheirar éter e ficava doidaço, então lhe apresentaram a maconha, que ele achou muito melhor, dando um realce à realidade, que mudava de um modo sutil. Ficou aficionado.

Mas, para satisfazer a mãe, fez vestibular de direito, e não é que passou? Ela ficou esperançosa, mas logo soube das faltas do filho, sempre na zona, então tinham brigas terríveis, e Adamastor mudou-se para a casa da tia paterna, solteirona, que fingia nada saber da vida dissoluta do sobrinho, que vivia jogando sinuca, fumando maconha, andando com as putas, e nenhuma moça direita queria saber dele, que até levou bomba na faculdade. O fato é que Adamastor se tornou um rapaz de má fama, vivendo de uma mesada que a tia lhe dava, sem trabalhar, a menos que se dissesse que teatro era trabalho.

Pois aconteceu que passou pela cidade uma companhia meio mambembe, chamada Os Itinerantes, justamente durante um Carnaval, quando o diretor, José Ribamar, assistiu ao desfile famoso dos estudantes de direito, cada um vestido como queria, e reparou em Adamastor, fantasiado de doméstica, achou o moço bonito e, depois do desfile, perguntou-lhe se não queria fazer um teste para uma peça em que havia um papel na medida para ele.

Adamastor foi ver um ensaio, achou que o teatro era uma coisa legal, aqueles ensaios entrando pela madrugada, todo mundo tomando liberdades com todo mundo, inclusive com José Ribamar, que era uma bichona e gostava de se autodenominar *metteur en scène*, que o pessoal, pelas costas, chamava de "metedor em cena".

Então o fato realmente definidor do destino de Adamastor foi o teste que ele fez para o papel de Claire, em *As criadas*, de Jean Genet. Curioso que, no papel de criada, ele não tivesse de raspar as pernas nem os braços, só a barba e o bigode. E Ribamar, reparando na inteligência e no charme do moço, o chamou também para ser seu assistente de direção e vivia lhe passando cantadas, que o novato repelia diplomaticamente, achando que não era bem esse seu negócio.

E se tornou corriqueiro que, depois dos espetáculos, Adamastor saísse para a rua vestido de Claire e fosse tomar umas e outras com os amigos, nos botequins de Belém, fugindo de José Ribamar, que, além de dirigir a peça, fazia nela o papel de Madame.

Instado a escolher um nome mais artístico que o horroroso Adamastor, escolheu Fred Wilson, sendo apelidado pelos colegas de Zezé, o que aceitou numa boa.

Depois, Adamastor, ou Fred Wilson, ou Zezé, seguiu com a companhia em excursão por cidades paraenses e chegou até o Amazonas, de onde iria para Fortaleza, no Ceará. Mas o fato é que o agora ator e assistente, com o tempo e numa leitura atenta de *As criadas*, concluiu que aquela montagem era muito ruim e aquela vida já o aborrecia. E, antes de chegar a Fortaleza, recebendo notícias de que a mãe não estava bem, aproveitou a oportunidade e deixou a companhia. Estava comendo a atriz que fazia Solange e queria fugir dela e de José Ribamar, mau diretor e ator que ainda o assediava.

De volta a Belém, nem chegou a tempo do enterro da mãe, que ele chorou sem exageros. Tinha de ficar ali esperando um inventário modesto, mas o teatro havia lhe entrado no sangue e ele queria trabalhar num grande centro, de preferência o Rio de Janeiro. A essa altura já começava a rabiscar, quase ao léu, o embrião de um texto teatral que ele, no seu estado de espírito, nomeou *Os desesperados*. Desesperados porque não tinham oportunidades e ansiavam por isso. E Adamastor sonhava alto, muito alto, com o sucesso que poderia fazer com a peça, como autor, diretor e ator.

A mãe quase não tinha posses e o inventário saiu logo. Ele

comprou a passagem de avião e partiu para o Rio de Janeiro, sem se despedir absolutamente de ninguém. Na bagagem, levou algumas roupas da mãe e uns vestidos das irmãs escondidos.

Paga a passagem, Adamastor, ou Fred Wilson, ou Zezé, ainda tinha dinheiro para viver, quitando à vista três meses num microapartamento na Lapa, bairro que a turma do teatro lhe descrevera como interessante, cheio de vida, frequentado pela boêmia artística e conhecido também por sua tolerância de costumes.

Solitário, depois de alugar o apartamento, sentia-se deprimido. Mas o simples pensamento de voltar para Belém o deixava ainda mais deprimido, diante de um sentimento de derrota, do qual não se recuperaria, ele tinha certeza. Tinha até dificuldades de continuar a escrever, apesar de todo o tempo disponível. Pouco a pouco ia explorando o bairro, começando a frequentar seus restaurantes mais baratos e botequins, com a esperança de fazer amizades, mas ninguém lhe prestava atenção, no meio daqueles grupos todos nas mesas, que ele adivinhava serem de teatro e outras artes, ou meros boêmios. Inspirando-se nessa gente e nele próprio, escrevia à mão seus rascunhos num caderno.

Uma tarefa que o distraía e lhe fazia bem era costurar os vestidos, fazendo-lhes as bainhas e reformando as roupas da mãe, tudo como aprendera com Os Itinerantes, mas também não deixava de ter certo charme os trajes *démodés*. Ao mesmo tempo deixando crescer os cabelos ainda mais do que na época de Claire. Até que chegou o dia em que tomou coragem e foi à rua vestido de mulher, usando um vestido folgado e com alças, e foi fiel a um estilo que era não se depilar no peito visível, nos braços e nas pernas, como em *As criadas*, ao mesmo tempo com o rosto escanhoado. Cada vez mais olhava para si mesmo e estava satisfeito com o resultado que era o look de um homem-mulher, meio displicente e escrachado. E, tanto na rua como no botequim, notou que, se as pessoas reparavam um pouco nele, não era como diante de um escândalo, e quem lhe dera o conselho tinha razão, a Lapa era um lugar tolerante.

Agora ele ia assim como um homem-mulher até no supermercado e passeava na rua e ficava visível que era uma criatura da Lapa, mas, principalmente usando seus vestidos, era muito diferente dos grupos de travestis profissionais que vendiam seu corpo, e o olhar das outras pessoas indicava que ele era um ser de outra espécie, que não um veado ou travesti.

Adamastor, ou Fred Wilson, ou Zezé, acabara por incorporar aquilo que realmente queria ser e parecer: um homem-mulher. E começou a frequentar, esporadicamente, os botequins do bairro, tornando mais digna e segura sua solidão ao não ocupar sozinho uma mesa, como chamariz de alguém, mas sentando-se nos banquinhos dos balcões e tomando, devagarzinho, cálices de pinga, com a esperança de fazer relações, mas do tipo que desejava que poderiam, de algum modo, ajudá-lo a abrir as portas dos teatros, nem que fossem de revista, dispondo-se a começar de baixo, mesmo com a pequena experiência que já trazia. Seu timbre de voz era sem afetação, masculino sem agressividade, e pensava se alguém do ramo a que ele aspirava pertencer não poderia convidá-lo para o teatro ou o cinema, ou quem sabe até a televisão, mas não queria ser caricato.

Numa dessas, travou conhecimento com Verônica Andrade, morena bonita usando calça jeans e camiseta branca, de mangas compridas. Ela achou Zezé uma figura e convidou-o, por sinais, a ir sentar-se à mesa em que estava sozinha. Apresentaram-se como Zezé e Verônica.

Primeiro Zezé ouviu, interessado e paciente, Verônica, de vinte e um anos (ele tinha agora vinte e cinco), relatar seus problemas familiares, as desavenças com o pai e sua disposição para sair de casa, para a Lapa mesmo estaria bem, inclusive para encher o saco do velho, que via o bairro com maus olhos para as moças. "E você, o que faz?", perguntou a Zezé, com um sorriso por causa da sua roupa.

"Faço teatro, mas cheguei há pouco do Norte e ainda estou sem trabalho."

"E esse vestido?"

"Eu sou assim, meu amor."

"Você é ator?"

"Ator, diretor, autor, eu jogo em todas as posições, minha querida", ele riu.

"Eu não ia dizer nada, mas agora vou contar. Eu também gostaria de ser atriz. Mas hoje briguei com meu pai e estou sem lugar até para dormir, mas sou capaz de fazer qualquer coisa para não voltar para casa, até lutar para me colocar no teatro."

"Quem sabe juntamos nossas forças?", disse Zezé. "Estou num apartamentozinho de subsolo aqui perto. Se você quiser passar a noite, minha cama é de casal."

Em seus momentos de depressão, que poderia se dizer também de desilusão, Zezé continuava seu rascunho de *Os desesperados*, em que pretendia abordar a condição dos atores sem trabalho. Verônica lhe pareceu um bom achado e, observando-a assim, de princípio, era uma jovem que podia servir-lhe de boa companhia, e também como inspiração.

O velho apartamento de subsolo era na confluência da rua do Riachuelo com a ladeira de Santa Teresa. Começaram uma relação que tinha tudo a ver com o trabalho, mas não apenas com isso. Pois, já na terceira noite, dormindo na mesma cama, acabaram trepando. E o fato de Zezé vestir-se de mulher é que dava tesão em Verônica, que em matéria de sexo era ambivalente. E aí, sim, ela sentiu-se dentro de uma transgressão absoluta diante do pai, o que a levou às raias da loucura: trepar com uma mulher que tinha um pau. Quanto a Zezé, sabia bem que se travestir não era veadagem, mas incorporar a mulher em sua masculinidade. Homem-mulher, a maneira como se definia, o ajudava a dar solidez à personagem que trazia dentro de si.

Verônica foi fundamental acompanhando Zezé na compra de mais roupas, em lojas baratas e brechós, escolhendo vestidos folgados e que deixassem à mostra os pelos do peito, das pernas e dos braços, ficando para mais tarde a compra de certas peças fundamentais, adereços, para certos momentos do espetáculo. Também compravam panos para corte e costura.

Zezé, com suas peculiaridades, tornou-se o crossdresser mais famoso da Lapa, mas sempre evitando grupos de travecos, preservando suas diferenças. Verônica, com roupas de boa qualidade, largas ou justas, e às vezes parecendo um rapaz, era bastante atraente e costumava andar de braço dado com Zezé. Adotou o nome de Paulínia, que usaria na peça.

O terceiro personagem a entrar no apartamento foi um gato preto que ganhou o nome de Mefistófeles, dado por Zezé. Apareceu pequeno, mas cresceu rapidamente. Além de brincarem com ele, foi uma grande aquisição no combate às baratas e aos ratos, antes de começarem a lhe dar ração num horário noturno, quando se tornou necessário discipliná-lo para o espetáculo.

Foi quando se deixou atrair pelo casal singular o cubano Henrique Esteves. Numa conversa de botequim se mostrou interessado em fazer teatro com os outros dois, apesar de não ter nenhuma experiência de palco. Mas encontrava-se entediado e deprimido, desesperado mesmo. Gay, limitava-se a ter seus casos, mas sentia uma necessidade urgente de algo que o realizasse e, escutando da mesa vizinha a conversa entre Zezé e Verônica, tomou coragem e foi ter com eles. Bem recebido, dispôs-se a mudar para a rua do Riachuelo trezentos e setenta e cinco, para ocupar um quartinho de empregada, convidado que foi, desde que compartilhasse as despesas e os trabalhos, levasse uma pequena cama e tivesse seus casos fora do apartamento. Esteves, refugiado político do regime castrista, recebia um pequeno pecúlio do Itamaraty. E se deixaram atrair por ele Verônica e Zezé, sobretudo pela aura política de quem fugira da perseguição aos homossexuais em Cuba e atravessara sozinho num barco a motor da ilha ao litoral da Flórida. Com senso de humor, Esteves batizou o barco de *Titanic* e fincou uma bandeirola no convés apontando Miami. Em *Os desesperados*, que começava a ganhar corpo, o cubano fazia o papel de Moncada, bastante parecido com o próprio Esteves, assim como Verônica, no papel de Paulínia, e Adamastor ou Fred Wilson, no de Zezé, tinham muito de si próprios, mas em contínua transformação, buscando os personagens.

Já Carlos Alberto Dias, o último a entrar, era um faz-tudo dessas produções teatrais, desde contrarregragem e assuntos administrativos até a função de coringa no palco, ficando a seu cargo pequenos papéis. Estando disponível, ouviu falar em *Os desesperados* e foi bater no subsolo da rua do Riachuelo trezentos e setenta e cinco, sendo logo aceito, com a condição que impôs de não morar no apartamento com o grupo, o que era bom para todos, porque não cabia mais ninguém.

Quanto à peça propriamente dita, não era mais do que os atores representando a si mesmos, em metamorfose, incorporando, como foi dito, o que pudesse surgir de interessante, fruto da convivência no apartamento, principalmente. A convivência dos Desesperados, pois em nenhum momento escondiam sua condição de fracassados, buscando desesperadamente o sucesso, mas sem abrir mão do que eram e passaram a ser.

O líder incontestável era Zezé, o fundador de tudo, cujo comportamento teatral ia muito além do apartamento. Acompanhado ou sozinho, era o homem-mulher, com suas roupas algumas vezes parecendo um vestidinho tipo camisola de alcinha, e assim ia às compras, ignorando os olhares na sua direção. Em casa, embora não fosse o único a cozinhar (o cubano também sabia), preparava massas de primeira, aprendidas com Solange de *As criadas*, e ficou estabelecido que esse cozinhar dos dois seria usado na peça. À mesa havia uma boa margem para improvisações, comentando-se os acontecimentos da época do espetáculo. E havia adereços como um revólver e uma navalha, comprados no comércio clandestino, pois previam uma ou mais cenas de violência, tipo Plínio Marcos.

Num dia em que Carlos Alberto almoçou com eles, fez o seguinte comentário: "Vocês não existem", que foi incorporado ao futuro espetáculo, a ser dito pelo próprio Carlos Alberto em seu posto na iluminação em cena, ou qualquer outro onde estivesse.

A questão sexual era mais complexa, pois não queriam intrusos na casa. E Zezé continuava a comer Paulínia, resistindo às investidas de Moncada. As relações entre Zezé e Verônica (Paulínia), quando passaram a acontecer em cena, nos ensaios, se davam com parte das luzes apagadas, porém sob um fino lençol. E quando chegava a vez de Zezé comer, supostamente, o cubano, já estava tudo preparado para a luz ir esmaecendo, até a total escuridão no canto onde eles fingiam que transavam.

Tão obsessiva como Fred Wilson (ou Zezé), Verônica Andrade (Paulínia) fazia qualquer negócio para ser atriz. E numa peça escandalosa melhor ainda, por causa do ódio ao pai, o burguês típico, tirânico e conservador dentro de casa, mas com negócios escusos na rua, onde se dava ao direito de ter amantes, o que ninguém ignorava. Apenas a mulher dele agia como se não soubesse. Abrindo mão de receber qualquer dinheiro do pai, Verônica aceitava o da mãe. E se precisava de mais, quando a grana estava muito escassa, era mais por vingança contra o pai e um mergulho existencial que funcionava às vezes como garota de programa; quando queria, procurava uma cafetina que tinha o nome falso de Ivete. Seu ponto era a Lapa. O que desejava de fato era ser atriz e achava que ali podia ser um bom lugar para travar as relações necessárias, e foi efetivamente o que aconteceu.

Mas seu negócio mesmo era Zezé, e bastara pôr os olhos nele para interessar-se vivamente. E até que adivinhara mais ou menos que ele era do ramo, então ficara entusiasmada quando soube de seus planos de montar aquela peça com traços autobiográficos e vira que era ele quem poderia abrir seu caminho para o palco. E, se fazia um michê, pensava em Zezé como seu gigolô.

Assim corriam os ensaios da peça que ia se constituindo como uma espécie de encenação da realidade. O desespero referido no título se dava por várias razões, a começar pela frustração geral das ambições artísticas, sendo que haviam feito um pacto de que ninguém aceitaria um papel em outra peça se a oportunidade aparecesse. Havia a pequena pensão de refugiado de Moncada, além de sua contribuição ao espetáculo, fingindo dirigir um barco e com uma voz estereotipadamente feminina, lançando imprecações contra Fidel Castro e seu regime.

Também Paulínia (todos, menos Carlos Alberto, já usavam os nomes dos personagens), conseguia algum dinheiro e alimentos da mãe, omitindo que morava na Lapa e com quem.

Mas a insuficiência financeira podia provocar, por exemplo,

o corte do gás, o que invibializava fazer refeições em casa, a menos que chamassem de refeições pães com manteiga e leite frio.

Depois houve um período em que cortaram a luz — até que a conta foi paga —, mas isso acabou por lhes dar a boa ideia de fazer cenas à luz de velas, o que foi um bom achado para as cenas de sexo, para que os espectadores não se sentissem muito agredidos.

Já a ração do gato não podia ser cortada, pois entravam num período de ensaios em que ele tinha de ser alimentado em cena, porque chegaram à conclusão de que isso daria mais vivacidade ao espetáculo.

A situação quase chegou à derrocada final, quando o atraso no pagamento do aluguel aproximou-se dos três meses do limite legal para o despejo. Nessa hora Paulínia foi acionada para conseguir algum dinheiro com a mãe, o que se mostrou insuficiente. Então lançou mão da garota de programa que podia ser valorizadíssima, pois Ivete, a cafetina, sabia o tesouro que tinha em mãos, embora Paulínia mostrasse indiferença e até raiva do freguês.

Mas havia outras razões para Paulínia se submeter a isso. Primeiro, enxovalhar o nome do pai, principalmente se coincidia de o freguês ser amigo ou conhecido dele. E, depois, porque também isso seria incorporado às cenas, fazendo com que Zezé perdesse a exclusividade. Porque era claro que os papéis dos dois fregueses que apareciam em cena só podiam ser de Carlos Alberto, e assim era feito. Certa noite, quando o ensaio de uma daquelas transas ia passando de certos limites, Zezé pulou com tudo para cima de Carlos Alberto, com a navalha, dando-lhe uma rasteira, coisas que aprendera com a malandragem de Belém do Pará. Isso também foi incorporado à peça.

Depois de uma reunião, com os ânimos já apaziguados, e inquestionável a liderança de Zezé, ficou claro que aquele desentendimento era imprescindível ao espetáculo. Do mesmo modo que os cacos eram bem-vindos, desde que pertinentes à ação. Isso costumava acontecer quando queimavam um fuminho num ensaio, mas anotações tinham de ser feitas, pois no espetáculo de verdade a maconha tinha de ser substituída por orégano, enquanto se queimaria um cigarro de palha.

Havia no apartamento também o revólver, que ficava trancado no armário. Mas volta e meia a arma tinha de aparecer, evidentemente descarregada, fosse porque se fazia a bravata de que acabariam cometendo um assalto, fosse porque um dos personagens ameaçasse dar cabo da vida, pela falta de perspectivas. Zezé dava um show com o revólver, fazendo-o girar na mão, como um pistoleiro, ou apontando-o para um dos colegas ou para si próprio, na cabeça ou na boca, ou até para o espaço onde estaria a plateia. O certo é que a arma seria usada na peça. Entre as boutades do espetáculo, estava Zezé com a pistola apontada paralelamente à pica, que ele fazia aparecer do vestido fazendo rá-tá-tá, para gáudio ou choque da plateia, ou ambas as coisas, esperavam. O certo, por enquanto, era que o revólver seria um adereço de cena e poderia passar de mão em mão, até finalmente terminar na de Zezé. Mas nada ainda estava definido.

As coisas começaram a mudar quando Carlos Alberto conseguiu juntar o que eram fragmentos dispersos num projeto que tomava como base a luta sem tréguas de atores iniciantes para montar uma peça, que abrangesse os problemas sociais e existenciais de cada um. E esse projeto foi aprovado pelo Ministério da Cultura, nos termos da Lei Rouanet.

O ator-personagem mais emblemático, como não podia deixar de ser, era Zezé. Mas uma coisa era ter aprovados os benefícios da Lei Rouanet, outra coisa era encontrar empresários dispostos a investir naquela peça, gozando de benefícios fiscais, nos termos da lei, e o único que se dispôs a isso foi Dalton Flores, ricaço que trepara com Paulínia e se apaixonara por ela.

Paulínia detestava esse tipo de homem e, depois da segunda trepada, ela o foi levando na conversa com promessas vagas, e um adiantamento não desprezível acabou por sair. Mas, antes que houvesse uma terceira trepada, ela disse que era namorada de Zezé, um tipo perigosíssimo, capaz de tudo, que guardava em casa uma navalha e um revólver.

Dalton Flores se afastou e, como o dinheiro conseguido era insuficiente para montar o espetáculo, o grupo voltou a contar consigo mesmo apenas, mas ninguém admitia a possibilidade de desistir.

Finalmente conseguiram colocar a peça em horários alternativos no Teatro Dulcina, da prefeitura, no centro da cidade, às segundas, terças e quartas, às sete da noite, a partir de abril de 2013, e então os ensaios eram mais animados, porque havia uma estreia à vista, apesar de toda a pobreza da produção.

Mesmo com os conflitos que se criavam a partir da convivência, o fato maior era que os atores foram absorvidos pelos personagens, que representavam a si mesmos, como Carlos Alberto Dias servindo de contraponto, ou coringa, como, por exemplo, na humilhação de Moncada em Havana, por ser um *maricón*. E depois o roubo por Moncada, na calada da noite, de uma pequena embarcação, onde, por cerca de cinco minutos, monologava ironizando o socialismo, enquanto rumava para a Flórida. Depois, ele conseguindo asilo no Brasil e prostituindo seu corpo na praça Mauá, no Rio, onde dançava num corpo de baile de cabaré. Cabaré que também era uma deixa para aparecer à mesa Zezé e Paulínia. O primeiro, depois, fazendo seu número de dança como homem-mulher. E Carlos Alberto Dias saindo diretamente da mesa de iluminação, vestido de terno, para dançar com Paulínia, como dama da noite. Enfim, uma peça também feita de esquetes.

O problema maior da peça talvez fosse o fato de não haver, rigorosamente, uma dramaturgia. Os conflitos, embora pudessem às vezes intensificar-se, eram meio descosturados. Mas Fred Wilson, ou Zezé, apostava numa estética particularíssima, às vezes descambando para falas de um teatro mais tradicional, como Moncada, por ciúme de Zezé, chamá-lo de puta e por isso levar um tapa na cara e revidar, cabendo a Carlos Alberto separá-los. Noutro momento, o temperamental Moncada chamava Zezé de bicha enrustida e recebia de volta uma gargalhada de escárnio.

E assim a peça estreou, com o dinheiro não dando para enviar convites que não fossem por e-mail para amigos e conhecidos, quase todos da Lapa, e compareceram umas trinta pessoas. Se o teatro se localizasse na própria Lapa, certamente compareceriam mais. Houve aplausos mais ou menos demorados, comuns nas estreias. Conhecendo esse público como conheciam a direção e o elenco, era uma espécie de ação entre amigos, e festejou-se num botequim da Lapa, na base do cada um paga o seu.

A imprensa não havia dado uma só linha sobre a estreia.

No segundo dia se dignou a dar um tijolinho e houve dez convidados com convites da véspera e, quase recebidos com pompa, oito espectadores pagantes.

A partir daí, o público, se é que se podia falar assim, foi decrescendo. Os jornais eram examinados avidamente pelo pessoal do grupo, mas nem uma só menção à peça, a não ser num jornal de terceira categoria, que publicou em seu caderno de variedades uma foto de Paulínia e Zezé que estava afixada na entrada do teatro. Sob a foto, a palavra "desesperados". Na noite seguinte houve três espectadores pagantes. A imprensa continuou a não publicar uma só linha sobre o espetáculo.

Foi quando Paulínia fez um michê caríssimo, caprichando

numa indumentária juvenil. E o grupo aproveitou a grana para publicar, como matéria paga, no segundo caderno do principal jornal da cidade, o seguinte texto, escrito por Zezé:

*Nós, que estreamos há cerca de um mês o espetáculo* Os desesperados, *utilizamos este espaço, este expediente, a fim de provocar a classe crítica para que vá ver no Teatro Dulcina nossa peça e se pronuncie a respeito.*

*Receber críticas faz parte do nosso* métier *— negativas, positivas, mistas — e não se pode fugir a elas. Expor-nos é da própria essência do nosso trabalho.*

*Lançamos então o seguinte desafio: na bilheteria do teatro estão disponíveis ingressos para quem apresentar carteira comprovando que pertence a este ou aquele órgão de imprensa. Desafiamos, principalmente, o jornal* O Diário, *que dedica páginas inteiras a artistas contratados pela emissora de TV pertencente ao grupo.*

*O que exigimos é do nosso direito e do leitor do jornal. Que o profissional competente vá ao teatro, o que aliás é slogan de campanha de* O Diário: ***Vá ao teatro****. Mas por que não ao Teatro Dulcina, onde está em cartaz* Os desesperados? *E que depois não se exima o crítico de emitir seu juízo. Mas você, espectador, não precisa esperar que alguém o emita em seu nome, quando pode fazê-lo por si mesmo.*

Lançado este desafio, a imprensa continuou a ignorar *Os desesperados*, o que era até óbvio, porque nenhum jornal se deixaria pautar por um obscuro grupo de teatro. No entanto, um ligeiro aumento na bilheteria mostrou que pelo menos o público não ficara indiferente ao repto da peça. Mas tal aumento de bilheteria não passou de sete ou oito espectadores.

No dia 14 de maio de 2013, uma terça-feira, pagando ingresso como um espectador comum, compareceu ao teatro o senhor

Ivo Fontes, crítico teatral de O *Diário*. Sua presença foi notada porque Zezé tinha o hábito de conferir, atrás das cortinas, antes de começar a peça, o número de espectadores e ver se havia alguém conhecido na plateia.

Zezé preferiu não avisar seus colegas da presença de Ivo, para não deixar ninguém ansioso ou tenso, o que prejudicaria o trabalho. Apenas disse a todos: "Vamos caprichar, gente". Mas ele próprio não deixou de dar duas ou três olhadas em Ivo Fontes durante o espetáculo, percebendo que o crítico, com seus cabelos curtos e óculos de grau, assistia a tudo impassível.

No dia 27 de maio, uma segunda-feira, quando Zezé já não esperava nenhuma manifestação de Ivo Fontes, O *Diário* publicou a seguinte crítica a *Os desesperados*:

DESESPERO DE CAUSA
Ivo Fontes

*O grupo que denominou a si próprio* Os Desesperados, *levando ao palco um espetáculo com o mesmo nome, reivindicou para si, em nota de jornal, a atenção da crítica. Façamos sua vontade.*

*Primeiro de tudo, é digno de nota que os membros do mesmo grupo, com exceção de um deles, tenham abdicado de seus nomes próprios ou artísticos para incorporar, no modesto programa e nos letreiros do espetáculo, os dos personagens que representam. E, se assim o desejam, assim os trataremos.*

*São eles o cubano* Moncada, *que faz de sua condição de gay o papel de gay, além do exilado político que realmente é, fomos informados. Até aí, nada de mais, não fosse ele estereotipadamente gay, nos trejeitos, na voz, na sexualidade, no cantar, com requebros,* pérolas *do cancioneiro caribenho.*

*Aqui cabe uma pergunta: há quanto tempo o realismo não representa mais o moderno no teatro ou nas outras artes? De todo modo, tenta-se fazer pilhéria com o fato de a travessia de Cuba para os Estados Unidos ser feita numa pequena embarcação batizada de* Titanic, *com uma bandeira fincada nela, em que há uma seta apontando o rumo e a inscrição "Miami". E que Moncada faça oposição a Fidel, mas venere a memória de Che, porque era bonito.*

*Passemos à normalidade e falemos de Carlos Alberto Dias, que, em* Os desesperados, *usa o próprio nome na ficha técnica e exerce o papel de contrarregra visível, além de iluminador etc. E, como ator e personagem é um coringa que está ali quase como um funcionário do teatro, e sem ele as engrenagens não funcionam. Eventualmente, faz um dos figurantes que paga para possuir Paulínia quase mecanicamente.*

*Já para Paulínia, pretendeu-se, para além desse outro papel de fazer michê para conseguir fundos, ajustá-la ao conflito básico que é o de odiar o pai (este sempre fora de cena), ódio que talvez se explique como um amor às avessas. Está certo que, como muitas jovens, quer ser atriz, mas talvez se explique por esse ódio o desejo de, sendo de classe média, habitar um território fronteiriço à zona, prostituir-se e, principalmente, se deixar tomar por uma paixão incondicional por Zezé, aquele que é um homem-mulher, um antipai, num amor abrasadoramente transgressivo.*

*Não é à toa que deixamos Zezé por último, pois, embora com a colaboração de todos, ele é o criador, diretor e principal personagem do espetáculo.*

*Mas o que cria ele para si que já não o trazia consigo? Como uma espécie de Mefistófeles sem Fausto (não é à toa que o gato foi batizado com o nome do primeiro), pode-se dizer que a partir do próprio físico, esguio e sinuoso, a composição extraída dele, Zezé faz questão de usar, em certos momentos, um vestido folgado que deixa sobressaírem, obscenamente, os pelos das pernas, dos braços e do peito, estando, porém, impecavelmente escanhoado no rosto e nas axilas. E uma de suas pretensões seria a de criar um sexo jamais visto.*

*Barra pesada, apesar de sua aparência frágil, chega a dar, no espetáculo, uma rasteira e a ameaçar, com uma navalha, Carlos Alberto, quando se vê confrontado por ele em sua relação com Paulínia. E a sedução que exerce sobre ela, apesar de recíproca, seria a de uma espécie de anjo do mal. Sedução sobre todos, aliás.*

*A leitura que fazemos, às vezes sub-repticiamente, é a de que ele não apenas quer dominar seus colegas, mas levá-los a um novo conhecimento do sexo, da sensualidade e também do teatro. Mas poderá levar na conversa também os críticos?*

*Há um adereço muito especial guardado no armário, sob a vigilância de Zezé. Um revólver, presume-se que descarregado ou carregado com balas de festim. Fala-se sempre num assalto e Zezé, às vezes, aponta a arma para todos os lados, inclusive na direção da plateia. Noutras vezes, aponta a arma para partes do próprio corpo.*

*Estaria ameaçando atirar em nós ou em si próprio, caso não se gostasse da peça?*

*No momento em que começa a fechar-se a cortina dessa peça que não conduz a parte alguma, Zezé tem o cano da arma enfiado em sua boca, deixando o espectador e também o crítico sem saber se levará ao extremo mais absoluto sua peça, sua farsa, seu fracasso. E quem poderá garantir que o desfecho será sempre o mesmo?*

*Como a peça acaba, o espectador nunca saberá com certeza a decisão do personagem, que se dará longe das suas vistas. Por enquanto, o que sabemos é que Zezé deixa para o espectador e o crítico, em suspenso, sua decisão. O veredito depois que a cortina se fecha.*

*Ah, esquecemos um personagem. O gato preto que, nas noites de espetáculo, está no palco e se alimenta da ração que Carlos Alberto lhe serve. E, depois, enquanto os seres humanos represen-*

*tam, sobe no sofá e lambe o próprio corpo. Não cometeremos a crueldade de dizer que o gato, Mefistófeles, é o melhor entre todos os atores.*

A crítica foi publicada num dia em que houve espetáculo. De tarde, umas três horas antes de abrirem as cortinas, houve uma reunião de todo o grupo, com a liderança natural de Zezé.

O pessoal se mostrava magoado, houve momentos de pura raiva, mas se pode dizer que o comportamento do elenco foi ambivalente, porque aconteceram também momentos de uma euforia nervosa, pelo fato de, bem ou mal, a grande imprensa ter sido obrigada a falar deles. E Zezé afixou na parede do hall dos camarins um cartaz com os dizeres *Lutem até o fim*. Mas essa injeção de ânimo logo foi neutralizada por lágrimas de Paulínia, que teve de ser consolada aos abraços e beijos. E houve também imprecações e planos mirabolantes de vingança, que obviamente não poderiam ser postos em prática, como dar porrada ou um tiro no crítico.

Curiosamente, ou não, na noite do mesmo dia da publicação da crítica, dezesseis pagantes, mais do que o dobro do habitual, passaram pela bilheteria do Teatro Dulcina, parecendo dar razão ao dito popular: *Falem mal, mas falem de mim*. Sem a menor dúvida, pelo menos alguma coisa da crítica de João Fortes havia atraído um pequeno público, que aplaudiu o espetáculo moderadamente ao fim da peça, sendo que duas pessoas, um jovem e um senhor, o fizeram entusiasticamente. O jovem chegou a gritar "Bravo, bravo", podendo-se interpretar essa atitude como molecagem ou uma adesão incondicional ao teatro de vanguarda. E o elenco teve uma reação eufórica de surpresa.

"Viram, eu não disse?", falou Zezé, que, na reunião da tarde, dissera que o elenco fizera na noite do comparecimento de João Fortes uma de suas melhores apresentações e a imprensa não pudera mais ignorá-los, O *Diário* abrindo-lhes até um espaço considerável. E que o comentário do crítico fora por puro despeito, diante da nota publicada por eles, *Os desesperados*, quase um mês antes. Dirigiu-se Zezé a cada um do grupo com elogios pessoais e disse que eles deviam, mais do que nunca, permanecer juntos, para aquele espetáculo e outros vindouros.

Mas, no íntimo, Zezé levara uma estocada e tivera de fazer das tripas coração para articular sua fala. Desde que viera de Belém, Fred, ou Zezé, só tinha um desejo, uma obsessão: vencer no Rio não apenas como autor, ator e diretor de talento, mas como alguém que mostraria uma personalidade artística única, como sua própria imagem. Considerava *Os desesperados* uma grande criação, o início do percurso que traçara para si. E se lhe perguntassem quem era seu maior ídolo no teatro de todos os tempos, responderia sem hesitação que Jean Genet. E se indagava: Genet ficaria deprimido com as críticas de um jornalista convencional e pequeno-burguês?

Mas ele não era Genet e passou o dia racionalizando sua raiva e sua mágoa, segurando a dos outros, principalmente de Paulínia, que chorara muito, assim como Moncada. E Zezé contrapunha — até agora acreditando pouco nisso — que um jornal da grande imprensa fora obrigado a reconhecer a existência dos Desesperados.

Mas, por outro lado, a reação da plateia lançara todos, pelo menos por algum tempo, numa quase euforia. E foram panfletar no fim de semana na Lapa, onde eram conhecidos, o que lhes garantiu uma plateia de mais ou menos dez espectadores na segunda, na terça e na quarta-feira.

Estava Zezé satisfeito? É claro que não, e não apenas porque na semana seguinte o público voltou a rarear. E, muito pior do que isso, sem uma resposta palpável ao que se passava no palco. Houve momentos em que Zezé começou a duvidar de si mesmo como escritor, encenador e ator. E ficou claro para ele que algum estímulo — um estímulo poderoso — tinha de vir, pois não era só aquele vazio na plateia, mas também as dúvidas que tomavam conta dele quanto a uma saída. Escrever alguma outra peça urgentemente? Ou o que mais? Pois não havia nenhuma outra cidade em perspectiva para excursionar.

No êxito ou no fracasso, Zezé era um homem-mulher de teatro e só do teatro poderia vir a solução. Ele, Zezé, que se obrigara e obrigara o grupo a representar, certa noite, *Os desesperados* para nenhum espectador, argumentando que uma performance para uma plateia vazia era a mais pura teatralidade.

Mas outras coisas haviam mudado agora. Paulínia se afastara dele e isso, percebia Zezé, era porque ele não aparecia mais como um degrau na escalada dela. Mas Zezé não chegou a enciumar-se quando ela começou a aparecer no teatro com uma moça de terninho, trocando com ela beijos e afagos. Também em Moncada notara-se um desinteresse crescente pela peça, limitando-se a repetir mecanicamente suas falas e trejeitos de bicha louca. Enfim, tudo anunciava um fim de temporada, de que não se podia nem dizer que era um fim de festa. Só Carlos Alberto continuava com sua eficiência de sempre, que não deixava de ser algo parecido com frieza profissional.

Faltavam, porém, ainda duas semanas para vencer o contrato com a prefeitura pelo teatro. Zezé continuava a usar os mesmos trajes de mulher, mas na maior parte das noites dormia sozinho na rua do Riachuelo e bebia com estranhos no mesmo bar da Lapa que frequentara no início de sua estadia no Rio.

Enfim, chegou a última semana e, sabendo todos que seriam liberados do teatro e teriam de deixar o apartamento, eram como uma turma prestes a entrar de férias, para não mais voltar. E Zezé pediu a todos que, pelo menos, almoçassem juntos no domingo, no *Nova Capela*, na Lapa, quando distribuíram entradas grátis para os presentes, para segunda, terça e quarta. Chegaram a ficar alegres quando Zezé lhes propôs que se levantassem de suas cadeiras e recitassem um pequeno trecho de *Os desesperados*.

Diante da farta distribuição de convites na véspera, não chegou a ser uma grande surpresa que dezenove pessoas comparecessem ao espetáculo na noite de segunda-feira. Olhando o público de detrás da cortina, Zezé observou que havia três casais, dois espectadores que estavam indisfarçavelmente bêbados, falando e rindo alto, mas também homens e mulheres, inclusive jovens, que já olhavam para o palco, tímidos e circunspectos, como se aguardassem uma cerimônia solene. Zezé estava satisfeito e conseguia contagiar seus colegas pelo fato de representarem, enfim, para um público, em sua maioria, de pessoas que não frequentavam habitualmente teatros, fosse pelo preço ou outro motivo qualquer.

Zezé amava seu espetáculo, tinha consciência de ter oferecido uma peça inovadora, que pedia ao público que abrisse sua mente à novidade. E Zezé acreditava, ainda, que alguns espectadores, em outras noites, haviam sido tocados pela graça de *Os desesperados*. E que esses espectadores teriam sido em número maior se tivesse havido compreensão da imprensa e da crítica. E também passariam pela epifania de compreender melhor quem e o que era o homem-mulher.

Zezé era um artista até a medula e considerava que valia a pena passar um recado estético para poucos, desde que com a mente aberta e receptiva. E alterou a frase no quadro-negro para: *Um ator deve ir até o fim*.

Zezé sabia que, caso houvesse uma carreira maior pela frente, *Os desesperados* se enriqueceria não apenas pelo amadurecimento dos atores e pelo desabrochar dele mesmo, o diretor, mas porque a própria peça era um *work in progress*. E agora o espetáculo estava a três noites do seu fim e não havia nenhuma perspectiva de se apresentar em outra cidade. E, mesmo que assim não fosse, uma interrupção mais longa estilhaçaria seu processo. Está certo que ele poderia escrever outra peça ou apresentar-se em outro espetáculo, mas sentia que ser homem-mulher era uma natureza sua, que não deveria ser mutilada, ainda mais abruptamente. Bem, pelo menos era o que ele sentia naqueles momentos, embora cogitasse se, mais tarde, não poderia ser outro Adamastor ou Fred Wilson.

Zezé acreditava que *Os desesperados* era um grande achado do teatro, para não dizer da arte contemporânea, e faria tudo, mas tudo mesmo, para alcançar o sucesso, nem que fosse apenas entre um público seleto.

Voltando um pouco atrás, o fracasso primeiro o deixara profundamente abalado, embora procurasse escondê-lo dos colegas e usasse a energia represada da revolta e da tristeza para dar o passo seguinte à frente, e outro, e mais outro. Naquela segunda-feira de espetáculo, sentia a excitação dos passos definitivos, onde não havia espaço para a repressão.

Tinha de prosseguir em seu papel de líder e arrostar a opinião pérfida de João Fortes. A vingança só poderia ser o êxito, ainda que por pouquíssimo tempo. Ele estava satisfeito com sua plateia de neófitos, bêbados e curiosos. Gente que, tinha certeza, faria coincidir sua sensibilidade com a sensibilidade apuradíssima dele próprio, Zezé, apesar da noção ainda um tanto vaga de como fazê-lo.

Aprofundando consigo mesmo, ele não era propriamente um autor e ator profissional, mas era o homem-mulher cuja vocação nascera quase na infância. E queria triunfar a todo custo, como autor, diretor e ator, não havia barreiras para sua crença, a não ser aquelas que vinham de fora.

*Os desesperados* lhe parecia um espetáculo que já nascera como um clássico, e Zezé estava certo de que passaria isso aos *connaisseurs* que aparecessem no teatro no último instante. E tinha vindo aquele crítico de merda para dizer aquelas coisas, embora outro lado seu achasse que não poderia haver compromisso entre ele e um árbitro de elegância burguesa como Fortes. Zezé ficava puto consigo mesmo de ter sentido mágoa dos golpes desferidos pelo crítico.

Mas levaria a coisa à frente a todo custo, como escrevera no quadro-negro e, numa euforia súbita, pensava na beleza ou grandeza de certo tipo de fracasso, quando vencer significaria um compromisso com a mediocridade, o gosto da classe média.

Zezé assumia seu papel de líder e queria que os outros três o seguissem com uma fé cega. Via-os atingidos pelo fracasso de público, porém, mais ainda pelos ataques de João Fortes. Pois o pior que se pode fazer com um artista é menosprezá-lo, e Zezé queria ir à forra por todo o grupo, mas sabendo que um contra-ataque tinha de vir dele. Chegou a pensar em responder à crítica com toda a mordacidade de que era capaz, nem que fosse por outra matéria paga de jornal. Mas sabia muito bem que respostas a críticas só faziam chamar a atenção para elas, valorizá-las. Então o caminho só podia ser a ação radical, retirando a razão do crítico e dos desafetos do espetáculo. E ele sabia que *Os desesperados*, apesar de todas as suas irregularidades, era uma peça que, embora resvalando para o patético, tinha pretensões ao dramático. Se alguma coisa Zezé quisesse acrescentar, era para criar mais qualidade e impacto. Enfim, um salto qualitativo, para o qual o tempo era urgente, pois chegara a noite de segunda-feira, a penúltima do espetáculo.

Os olhos de Paulínia, por mais que ela se esforçasse para se controlar, se encheram de lágrimas quando eles quatro se deram as mãos ao soar do segundo sinal para o início do espetáculo. Já

Moncada segurava o mastro da bandeirola em que estava inscrito Miami. Carlos Alberto dirigiu-se ao posto de onde controlava as cortinas e a iluminação.

Logo já se estava em cena aberta, quando Paulínia entrava e ia abraçar Zezé, que, numa roupa caseira, feminina, é claro, preparava uma salada. Foi um longo abraço, e, com a respiração suspensa, o público viu Paulínia despir-se, mostrando seu corpo lindo, enquanto a luz ia esmaecendo e Zezé começava a fazer o mesmo, para não entregar seu corpo inteiro. A luz incidiu sobre Moncada, que em outro canto da cozinha descascava batatas, rebolando sem exageros ao som de um mambo. Logo já estaria em seu *Titanic*, com a seta apontando para Miami, o que fazia o público cair na gargalhada, para desgosto de Zezé, pois, embora *Os desesperados* tendesse ao bizarro, não tinha o espírito da chanchada explícita.

Zezé não queria, em momento algum, dar razão ao crítico. *Os desesperados*, apesar de todas as citadas irregularidades, inacabamento mesmo, era uma peça que, embora resvalando para o patético daquelas vidas um tanto perdidas, tinha uma pretensão ao drama, beirando o trágico. Se alguma coisa o homem-mulher pretendia acrescentar ao texto era um salto no abismo, diante do qual ainda hesitava. E quando do monólogo original em que Zezé diz a Paulínia, nua e linda, com o foco de luz sobre ela, principalmente, no negror do palco, "Façamos da nossa dor nossa arma", ele engoliu em seco, o que era da encenação daquela noite. Aí, perto do fim do espetáculo, como ordenava o texto, foi até o armário, abriu-o e retirou lá de dentro o revólver.

Cabia ainda um monólogo curto em que Zezé, com arma em punho, apontava-a para o chão e se perguntava se a dificuldade e o desespero podem ser estímulos para a vitória, ou se, ao contrário, aniquilam um ser? "Mas o que é a vitória? De onde se retiram as forças que a alimentam?"

Ao dizer essas últimas frases, Zezé faz a arma passear pelo espaço ao seu redor, aponta-a depois para o público e, usando o cano do revólver para levantar sua saia, faz com que seu pau meio duro coincida com a direção da arma. É um momento de risos nervosos e também de silêncio de várias pessoas. Um espectador, indignado, levanta-se e sai da sala, o que não estava previsto no texto.

Zezé então faz o cano do revólver apontar para seu próprio corpo, depois para seu rosto e, por fim, põe o cano da arma dentro da boca. É um momento de silêncio absoluto e também a deixa para a cortina se fechar lentamente, terminando a peça naquele impasse para o personagem e para o público. Terá o personagem dado um tiro na boca depois que a cortina se fechou, com a peça, em tese, terminada, mas com o personagem prosseguindo fora das vistas do público? Ou terá se tratado de mero jogo de cena, obra aberta que cada um termina conforme seu pensamento e suas inclinações?

Só que a realidade, se assim se pode falar no teatro, logo sobreviria com a cortina reabrindo para os aplausos, mesmo quando poucos, ou nenhum. Isso se não houvesse algumas vaias e imprecações dos que consideravam *Os desesperados* um dramalhão mal costurado.

Dessa vez, houve apenas aplausos, pois os que vieram nessa antepenúltima noite, todos convidados, eram simpáticos ao espetáculo, até os que não o entenderam muito bem. E o público que ali estava sabia, por ter ouvido falar, ou lido a crítica de João Fortes, que o homem-mulher punha o cano da arma na boca e deixava em aberto se havia se suicidado ou não, teatralmente falando.

Mas se escutou um forte estampido, sobressaltando os espectadores, que hesitavam se deviam aplaudir ou não, vendo coerência num suicídio em decorrência do fracasso.

Porém, pensaram todos os que conheciam o final do espetáculo — inclusive havia ali quem o assistia pela segunda ou terceira vez —, quando o protagonista se recolhia em silêncio e assim permanecia, para matar-se ou não, que o final fora alterado para o suicídio explícito. Os que não conheciam o final do espetáculo achavam que era sempre assim. O que ninguém compreendeu foi por que a cortina não tornou a abrir-se e o elenco não surgiu para agradecer os aplausos.

Carlos Alberto Dias, de seu posto para fechar e abrir as cortinas, entendeu que Zezé, puto da vida ou ansioso por uma renovação final, pusera balas de festim no revólver para radicalizar o final, sem avisar a ninguém. Mas a queda do homem-mulher foi abrupta e perfeita demais, o sangue esguichou de sua boca e sua nuca e miolos se esparramaram pelo chão. Ele correu até Zezé, mas não tocou em seu corpo, pois o desfecho, finalmente entendeu, era evidente, e havia que esperar a polícia. Paulínia e Moncada, de mãos dadas já para agradecer os aplausos, começaram a gritar e pronunciar frases desconexas.

Alguns espectadores, que se julgavam espertos, pensaram que Zezé chegara ao verdadeiro achado cênico de prosseguir mais um pouco com a peça, fora das vistas do público, e aguardavam o momento certo para aplaudir. Depois de certo tempo, e do realismo exagerado, e como a cortina não reabrisse, desconfiaram alguns que alguma coisa estava errada. E dois espectadores subiram as escadinhas que iam dar no palco, entreabriram as cortinas e depararam com a cena horrível.

"Ele se matou, ele se matou", gritou um deles para o público que ainda se encontrava na plateia.

"Mas quem se matou?", gritou lá detrás uma mulher, como se pronunciasse sua fala numa peça.

"O homem-mulher", gritou por sua vez lá de cima o mesmo espectador que anunciara a tragédia. "O homem-mulher se matou".

Daí para adiante houve um alarido geral e, enquanto parte dos espectadores procurava deixar o teatro, como quem foge de um lugar maldito, outros se deixavam vencer pela curiosidade, atravessaram o proscênio, a cortina e ficaram cara a cara com o horror, como se pela primeira vez na vida estivessem nas verdadeiras entranhas do teatro.

Em todo espetáculo público, em recinto fechado, deve estar a postos, por lei, um bombeiro. Percebendo que algo anormal acontecia, o bombeiro destacado para o espetáculo no Teatro Dulcina foi por uma entrada lateral até o palco e deparou com a cena macabra. Vendo que nada havia que ele pudesse fazer, pediu aos espectadores no palco que não fossem embora, pois ele já telefonara para a polícia, que poderia precisar de testemunhas. A polícia também fora chamada por Carlos Alberto Dias e não demorou a chegar. Num canto do palco, Paulínia e Moncada, abraçados, choravam. O corpo fora coberto pelo bombeiro com um lençol.

Chegando ao teatro e ao palco, o comissário de polícia e o perito destacados para a ocorrência, ao descobrir o corpo, tiveram a imediata certeza, pelo revólver na mão e na boca do morto e outras evidências, de que se tratava de um suicídio. Usando um lenço ao tocar no corpo, para não deixar impressões digitais, só restava ao perito, depois de bater as fotografias de praxe, chamar o Instituto Médico Legal, o que foi feito logo a seguir. Interrogando os atores presentes sobre o ocorrido, os policiais viram que era um caso de facílima solução, até mesmo no que tocava aos motivos para o suicídio, apesar de motivos serem sempre mais escorregadios em questões humanas. Todos os participantes do espetáculo deram como causa principal o fracasso da peça e o fim da temporada, embora o comissário não descartasse alguma questão passional entre os membros do grupo que deixara consternado o sr. Adamastor Magalhães. Mas isso fugia da sua alçada, para não dizer que não importava na questão policial. E esses também eram motivos para serem investigados depois; na verdade, não tinham lá muita importância, do ponto de vista da polícia.

Uma vez tendo o rabecão levado o corpo, o último policial pôde deixar o Dulcina, que foi interditado. Mas, bem antes disso, haviam chegado os jornalistas e, para eles, o prato era suculento, de todos os ângulos que pudessem abordar a questão. O suicídio de um ator, ainda mais um homem-mulher, em pleno palco, apesar da cortina fechada, era uma notícia espetacular. Foram informados por Carlos Alberto que Zezé tinha se matado, sim, numa noite de sucesso, mas que *Os desesperados* só estariam mais duas noites em cartaz, depois de uma temporada de fracasso de público e de crítica. Então era natural que o autor, diretor e ator principal fosse acometido de melancolia e depressão. Mas, conforme os depoimentos, ficaram sabendo que o homem-mulher — e isso interessava vivamente a todos — mostrava-se alegre e satisfeito naquela noite, talvez como despiste, vá entender a alma humana. Como se o narcisismo inerente à profissão fosse realizar-se de modo perfeito. Mas não se mostravam todos de acordo, e Carlos Alberto, por exemplo, pensava que a excitação eufórica de Zezé à beira da morte era um disfarce maníaco que ele poderia ter usado para um plano de desenlace fatal.

Os jornalistas tinham muitas perguntas a fazer e as fizeram. Definida a *causa mortis*, restava levantar o motivo. A figura um tanto esdrúxula de Fred Wilson, ou Zezé, já traduzia uma personalidade complexa. Chegou-se a pensar num suicídio passional, mas Carlos Alberto, o membro do grupo que mantinha a calma, logo desmentiu esta versão e falou na melancolia de um fim de temporada, uma espécie de vingança pelo fracasso, mas de nada ele tinha certeza, a não ser de que Zezé era individualista e egocêntrico demais para matar-se por amor. E que não, Zezé não era homossexual, vestir-se de mulher era outra questão. O fracasso da peça — embora não naquela noite — era uma explicação plausível, mas não garantida.

Já tinha passado a hora de fechar dos jornais, do que se aproveitou para valer *O Popular*, retardando a distribuição às bancas para estampar, em sua primeira página, a foto do cadáver sob o lençol, mais um retrato de arquivo de Zezé travestido, com um vestidinho que deixava visível os pelos do peito, das pernas e dos braços. A legenda era: *Homem-mulher se suicida em cena. O Popular* furou todos os concorrentes.

Mas, em plena época da internet e dos meios de comunicação em tempo real, uma notícia dessas se difundia rapidíssimo, nas edições on-line dos jornais e revistas e nos canais de TV em todo o mundo. Isso para não falar nos telefonemas trocados entre as pessoas do meio teatral.

Os jornais, por sua própria natureza, diante de uma morte com ingredientes espetaculares, esmiuçaram a vida de Adamastor Magalhães, ou Fred Wilson, ou Zezé, desde seus tempos de Belém, quando se travestia durante o Carnaval ou até fora dele, passando por sua primeira experiência teatral, ainda na província, até sua chegada no Rio de Janeiro, com todos os percalços e novas amizades, até a montagem e a carreira de *Os desesperados*, com o correspondente fracasso, escrevendo-se que esse, provavelmente, fora a razão de seu suicídio.

Destacou-se bastante que Zezé se reconhecia não como travesti ou transexual, mas como homem-mulher, e, chamados a dar depoimentos à imprensa, psicólogos e sexólogos afirmaram, em sua maioria, que um homem que gosta de vestir-se de mulher não é propriamente um homossexual, mas alguém que se identifica, no vestuário, com o sexo oposto, que tira prazer disso.

Poderia até se chamar de narcisismo esse fenômeno, com a retirada de um prazer intenso do próprio corpo, sem necessidade de um parceiro; no caso do sexo, quando se tinha necessidade desse parceiro, ele era procurado no sexo oposto, como no caso de Zezé, que era amante da atriz Verônica Andrade. Sem forçação de barra, podia-se chamar o homem-mulher de lésbico, e sua parceira também gostava do híbrido, como se mantivesse relações com um homem e uma mulher ao mesmo tempo. Mas a grande verdade era que a psicologia não tinha opiniões formadas a respeito.

Informados da carreira de *Os desesperados*, os psicólogos e psicanalistas tendiam a não achar que o suicídio de Zezé tinha a ver com a separação de Verônica Andrade. Concordavam os integrantes do grupo que o afeto de Zezé abrangia todos eles, que eram confundidos com a própria peça, e coincidiam na opinião, partilhada com psicólogos e psicanalistas, de que a melancolia e a depressão de que podia estar sofrendo Zezé, embora não desse mostra disso, teria mais a ver com o fim da carreira do espetáculo e a separação do grupo como um todo.

No meio de fatos e versões, é importante destacar uma matéria especial na revista mensal *Mapa*, de São Paulo, com o título *O caso Zezé* (*paixão e morte de Adamastor Magalhães, o homem-mulher*), escrita pelo jornalista Francisco Resende, que, após um mês de pesquisa, tratou, como diz o próprio título, do suicídio do ator, escritor e diretor.

*Da morte do diretor e ator Fred Wilson, ou Adamastor Magalhães, ou Zezé, e suas repercussões, muitos dos que leem este artigo devem ter ouvido falar. O que propõe esta matéria é não apenas comentar o que já foi comentado, acrescentando um ou outro tó-*

pico, como trazer à tona o que não foi devidamente analisado. E não pretende este autor ser o dono da verdade, mas aventar o que está no terreno das possibilidades, com parentesco com a ficção, que, como sabemos, muitas vezes é território para aprofundar a realidade.

Para começo de conversa, vamos a Belém do Pará, quando Adamastor Magalhães usou pela primeira vez roupa de mulher, em blocos de Carnaval, prática comum no Brasil. Que tomou gosto pela coisa é evidente, pois a repetiu em outros Carnavais, conforme depoimentos colhidos por este articulista na capital paraense. Informou-se também que nenhum traço concreto de homossexualidade foi notado por pessoas que o conheceram à época, embora, evidentemente, Adamastor fosse alvo de maledicências a partir de quando se tornou ator, justamente numa peça de Jean Genet, As criadas, em que o diretor, o mato-grossense José Ribamar, exigia que usasse trajes femininos, o que Adamastor, que passou a usar o nome artístico de Fred Wilson e ganhou o apelido de Zezé, aceitou de bom grado.

Outros testemunhos foram colhidos, dando conta de que Zezé passou a gostar tanto dessa prática que era visto travestido também nas imediações do teatro e até afastado dele, apesar de ser amante da atriz que fazia Solange na mesma As criadas. Vem dessa época do teatro e do comportamento de Zezé sua definição de gênero homem-mulher.

De acordo com o depoimento de José Ribamar e de Clara Silva, que fazia na peça o papel de Solange, a característica mais notável de Fred era sua ambição de fazer carreira não apenas como ator, mas também como encenador, tornando-se então assistente de Ribamar. Era de uma exigência tal com as pessoas do grupo e com a carreira que vivia chamando a atenção de todos, e não demorou a deixar a companhia. Voltou a Belém, onde, aquinhoado com uma modesta herança da mãe, deixou-se ficar flanando *pela cidade, jogando sinuca e frequentando a zona boêmia, onde prostitutas chegavam a brigar por ele, pelo próprio fato de ser homem-mulher, com um jeito todo especial de tratá-las, pois suas características lhe davam grande prazer, e vivia uma representação, embora sentisse de fato o que vivia, e aqui podemos conjecturar que Fred protagonizava ainda uma espécie de filme, em que era diretor e ator.*

*Mas os que pensam que Fred foi por um bom tempo feliz, enganam-se. Passados os primeiros deslumbramentos com essa vida de um ser ímpar, ele tinha o espírito bastante crítico para saber que em vez de ser um artista era um malandro de província.*

*Aos vinte e cinco anos, destinava-se a uma vida perdida no interior, longe de satisfazer suas ambições, e caiu em forte depressão, algo que ele nem sabia que existia, começando a pensar em morte. Se não chegou a cogitar seriamente de suicídio, passava cada vez mais tempo isolado em seu quarto de fundos na casa da tia, onde voltou a morar. Olhava para o teto, bebia, continuava a usar roupas femininas, mas cada vez mais desgrenhadas. Zezé tinha um amigo médico que, diante da promessa de não revelar seu nome, narrou todos esses fatos a nós. Internou-o numa clínica de desintoxicação, até que, aos poucos, foi convencendo-o daquilo que seria sua verdadeira cura:*

*“Você precisa sair daqui e fazer teatro no Rio ou em São Paulo.”*

*O projeto de* Os desesperados *nasceu, então, na clínica, e lá mesmo Fred Wilson fez os primeiros esboços da peça, antes de arrumar seus poucos pertences e comprar, com uma boa parte do dinheiro que herdara, uma passagem de avião para o Rio de Janeiro.*

As ilações do delegado e do perito foram imediatas, isso para não falar das três testemunhas oculares. Se os policiais fizeram perguntas, foi mais para fechar o caso em todos os seus aspectos, e a conclusão foi de que Adamastor Magalhães matou-se por não suportar o fracasso da peça. Já os jornalistas tinham muitas questões a colocar. Quem não pôde ser ouvido naquela noite de trauma foi no dia seguinte. Houve um levantamento de toda a trajetória da peça — pesquisou-se, inclusive, opiniões de espectadores — e do papel de cada um do grupo. Podiam ser apontados motivos e um culpado para o ato extremo do artista: o crítico João Fortes de *O Diário* e sua matéria de duas semanas atrás, além do que se poderia considerar o fracasso de *Os desesperados*. Também os fotógrafos colheram material farto para documentar e chamar a atenção, e com destaque saiu a frase altamente emblemática: *Um ator deve ir até o fim*. A notícia e as fotos se difundiram rapidamente, aqui e no exterior, nas edições on-line de jornais e revistas e em sites gerais. Alguns jornais, inclusive, tiraram segundas edições na manhã de terça, mas com espaço reduzido para a repercussão do caso.

No exterior, por causa do fuso horário, alguns jornais publicaram a notícia antes mesmo dos jornais brasileiros. Mas, nas edições do dia seguinte, a imprensa nacional deu grande destaque ao suicídio de Zezé, aos antecedentes para que viesse a acontecer e à matéria crítica de Fortes, além de fotos de Zezé vestido de mulher, impressionantes pelo jogo do masculino com o feminino. Não houve dúvidas de que a causa do desespero maior — o nome do grupo vinha a calhar — era a crítica de João Fortes. Que foi transcrita, em itálico, até na *Folha* e no *Estado*.

Compreensivelmente, *O Diário* foi o órgão que publicou a matéria sobre o suicídio com maior discrição, não mencionando a crítica de João Fortes e usando a palavra *fracasso* para falar do espetáculo *Os desesperados*, realçando que havia um público de apenas dezenove pessoas na noite da tragédia. Mas, prevendo a tempestade que vinha por aí, o editor do caderno deu férias imediatamente a João Fortes.

A edição on-line do próprio *O Diário* não parava e, estabelecidas as devidas conexões no espaço destinado aos leitores, a maioria culpava o crítico pela morte de Fred Wilson, ou Zezé.

Nos meios jornalísticos e teatrais, muitos apontavam que João Fortes seria demitido passado um tempo, para que *O Diário* não assumisse parte da culpa na tragédia. Um debate sobre o papel da crítica se instalou, assim como uma discussão sobre os méritos e deméritos de *Os desesperados*. Da parte de *O Diário* havia laconismo e constrangimento, mas não deixaram de publicar outra crítica de Fortes a outra peça, de que ele gostou.

O fato era que a notícia era sensacional demais — um ator que se suicida praticamente diante do público — e se prolongou, polemicamente, no tempo, dentro e fora do país. A foto um tanto bizarra de Zezé correu mundo. As versões para o fato não eram coincidentes, mas também não eram totalmente divergentes. Havia os que interpretavam o suicídio como fruto de uma depressão pura e simples diante do fracasso, já no final da temporada, misturada a um desejo de vingança contra o crítico.

Acabou por correr mundo, também, outra crítica ou anticrítica, publicada, a princípio, para ser lida apenas por algumas centenas de interessados que acessavam o site a que se destinava, chamado Artefato, dedicado a todas as artes. Seu autor, o professor de teatro Mathias Cotrim, teve a surpresa de ver multiplicados seus leitores, com sua matéria sendo citada em vários veículos de comunicação, com ou sem a licença de Mathias.

*O suicídio do ator, autor e diretor teatral Fred Wilson, ou talvez melhor dizendo, do personagem Zezé, motivado, segundo muitos,* pelo fracasso da peça Os desesperados, de sua autoria e direção, e a verdadeira retaliação do espetáculo por um crítico oficial, João Fortes, nos leva a repensar a peça em questão, sob novos ângulos, para fazer justiça ao verdadeiro Zezé. Desse modo, escrevo o que talvez possa ser considerado uma anticrítica. Vamos a ela:

Não é novidade, no teatro ou no cinema, que o making of de uma peça ou filme se torne a própria obra, constituída do desenvolvimento de seus personagens, ensaios etc. Já em Os desesperados, os atores se transformam radicalmente nos personagens, tornam-se estes, de maneira que não há que se falar num elenco separado de suas novas personas. Encabeçando a lista, não podia deixar de estar Zezé, aquele que é a própria razão de ser do espetáculo.

Zezé, desde suas origens, no norte do país, queria ser um homem-mulher e de teatro. Vejam bem, já na sua adolescência, pode-se dizer que representava o feminino no Carnaval, só restando entrar para o teatro e representar sua representação, o que chegou a intentar quase amadoristicamente.

O universo mais restrito da província, no entanto, reprimia suas não pequenas ambições. Então veio para o Rio de Janeiro, onde, passo a passo, foi se transformando no homem-mulher-ator-diretor que viemos a conhecer.

Longe de se transformar num travesti, que quer se metamorfosear em mulher, Zezé, sempre com a intenção de escrever, dirigir e atuar, foi aproveitando cada vez mais o corpo-figurino que queria oferecer ao mundo, que era este ser ambivalente, com uma premeditada deselegância de personagem único, o homem-mulher.

Atraídos alguns atores-personagens para sua órbita, Zezé fundou uma comunidade e um teatro novos, e seria tolice apontar aqui o que estava bem e o que estava mal na peça, pois, apesar de subirem ao palco três vezes por semana, difícil falar em uma encenação separada das vivências desses personagens.

Mas continuemos com Zezé, que era a peça-chave deste ritual e que perdeu a si mesmo para tornar-se realidade cênica, tanto em casa, no teatro, como na rua. Zezé era Zezé mesmo, um tanto desarmônico, desconjuntado, mas um ser de um padrão único.

Mas a vida, a representação da realidade, não lhe bastava, como já dissemos, e Zezé se queria fundador de uma estética representada num cerimonial cênico, com bilheteria, palco, plateia (até mesmo quando vazia).

Somos daqueles que acreditam na fundação dessa estética e assistimos ao espetáculo duas vezes. No dia seguinte à sua estreia e na fatídica noite, pouco depois da crítica de João Fortes, para ver como reagiria o grupo à adversidade, pois O Diário é o único jornal do Rio cujas críticas são levadas em consideração. E, quanto ao suicídio de Zezé, temos uma interpretação diferente daquelas que são voz corrente na imprensa, na polícia e em pessoas ligadas ao teatro.

Primeiro, é preciso deixar bem claro que, nos primeiros espetáculos pós-crítica, Zezé arrostou com bravura, ou uma aparente indiferença, a agressão que sofrera. Depois, é preciso não esquecer que a arma que empunhava para marcar o fim do espetáculo era uma das possibilidades que deixava em aberto para o personagem, ficticiamente era o que se poderia supor. Mas ninguém poderia cogitar projéteis que não fossem de festim. Talvez eu fosse o único a levar a sério que o tiro fosse de verdade quando esse ecoou. E que a hipótese de autoextermínio de Zezé sempre esteve no seu campo de possibilidades, pois ele não faria gratuitamente tal ameaça, embora o extermínio pudesse ser uma representação do personagem. Mas não esqueçamos que ele não apenas representava, mas era tal personagem. Até que, com o novo esvaziamento do público, o rosnar do crítico oficial, ele se cansou também de tal gesto de ameaça e resolveu dar um fim a si mesmo e à peça, cumprindo-a e realizando-a. Não se poderia falar, então, em sucesso, independentemente do blá-blá-blá que se seguiu?

*Não esqueçamos a última frase do quadro-negro, com a caligrafia de Zezé:* Um ator deve ir até o fim. *Ele sabia que um autor e ator se suicidando no palco, mesmo com a cortina fechada, dariam repercussão nacional e internacional ao espetáculo. Está certo que o ato extremo será tomado pela maioria como o reconhecimento e a dor de um fracasso, mas também haverá alguns poucos a interpretar seu gesto como uma radicalidade de* Os desesperados, *como reconheço eu agora e, tenho certeza, haverá quem me siga.*

*Mas e se o espetáculo houvesse feito sucesso de crítica e de público? Aí era só deixar seguir o barco, mas nem de longe teria a repercussão, e ouso dizer o êxito, de* Os desesperados, *como veio a acontecer, por mais impiedoso que isso possa parecer com Adamastor Magalhães, ou Fred Wilson, ou Zezé.*

Os desdobramentos de *Os desesperados* foram incontáveis. Além da repercussão de seu final macabro no Brasil e no exterior, que levou a novas montagens, aqui e fora, todas com o ator principal vestido de mulher e boa parte delas com a representação do suicídio de Zezé — sem o suicídio do autor para valer, bem entendido. Ou seja, o ator saía de cena e havia o estampido nas coxias. Depois, ou o silêncio absoluto ou o desespero dos demais membros da equipe. Mas sempre ficava no público um tremor de expectativa. E o elenco podia voltar ou não ao palco para os agradecimentos. Quase desnecessário dizer que a peça se tornou um sucesso.

Em três encenações, em Birmingham, na Inglaterra, em Memphis, nos Estados Unidos, e em Montpellier, na França, os atores que encarnavam Zezé se mataram com um tiro na boca, levando ao pé da letra que um ator deve ir até o fim. Tais autoimolações se deram num espaço de seis meses, o que multiplicou a fama de *Os desesperados* como uma peça maldita, que muitos diretores de teatro evitavam montar.

Os outros três intérpretes da montagem original de *Os desesperados* não se dedicaram a uma remontagem da peça, traumatizados que ficaram com o desfecho e também porque não conseguiam pensar no espetáculo sem Zezé. Os direitos autorais cobrados dos grupos que se dedicaram a tal remontagem eram pagos às duas irmãs do falecido e herdeiras dele, que chegaram a ganhar um bom dinheiro.

Com as três mortes ocorridas no exterior, tirando a morte no Brasil, era comum que policiais fizessem uma verdadeira varredura nas coxias dos teatros em que se fazia a peça, para verificar a presença de revólveres verdadeiros. Depois o público começou a diminuir em todas as partes, pois *Os desesperados* não era mais novidade, embora a encenação original tivesse passado a fazer parte da própria história do teatro. E o fato é que havia grupos de vanguarda teatral e crítica que reivindicavam para *Os desesperados* o estatuto de teatro revolucionário. De vez em quando algum artigo ou ensaio sobre a peça era publicado e algumas teses a seu respeito foram escritas, com referências ao Teatro da Morte, de Tadeuz Kantor, que teria se realizado plenamente nessa peça brasileira. Mas as teses mais radicais só consideram o verdadeiro *Os desesperados* o da montagem primeira no Teatro Dulcina, com aquele público e os procedimentos policiais. Na Universidade Stanford, na Califórnia, publicou-se uma tese muito comentada, com o título de *A morte em cena*, e um capítulo intitulado "O crítico como assassino".

João Fortes foi afastado de *O Diário* depois do suicídio de Zezé. Tal afastamento se deu a título de férias, já que o crítico não era um empregado regular do jornal, embora lhe pagassem regularmente, inclusive no mês do suicídio do ator.

Terminadas as férias, deram-lhe outras, dessa vez sem remuneração. Ao findar esse período, João Fortes foi afastado definitivamente. Não havendo no Rio de Janeiro outro jornal do mesmo nível e que desse cobertura com um mínimo de dignidade ao teatro e outras artes, ele tentou São Paulo, encontrando fechadas todas as portas dos bons jornais. Tentou Porto Alegre, mas os espaços que podia pretender já estavam preenchidos, foi o que lhe disseram.

Podia procurar Salvador, Recife, Belo Horizonte, mas, a essa altura, já chegara a seu conhecimento que se tornara *persona non grata* na função de crítico de teatro, que era o que sabia fazer.

Viajando para São Paulo, hospedou-se ao acaso num hotel três estrelas, onde, depois de colocar na porta do quarto a placa *Não perturbe*, tomou uma forte dose de barbitúricos. Depois de umas quarenta horas e de baterem com força na porta, a gerência mandou chamar a polícia, que testemunhou a abertura do quarto com uma chave-mestra. Encontraram João Fortes, conforme seus documentos originais, morto na cama, e caixas de barbitúricos espalhadas por toda parte.

O obituário de João Fortes foi publicado nos principais jornais do país. *O Diário*, que publicou a notícia numa pequena coluna, não mencionou a *causa mortis* de seu ex-colaborador, nem a peça *Os desesperados*, ao contrário de jornais de São Paulo e outros estados, que deram destaque a ambos os suicídios, o de João Fortes e o de Adamastor Magalhães, ou Zezé, estabelecendo as devidas conexões. Em letras pequenas e itálico voltou-se a reproduzir em alguns jornais a crítica a *Os desesperados*.

Em três desses jornais, junto à fotografia do crítico morto, publicou-se a foto de Zezé a caráter, em dois deles com um vestidinho folgado, realçando os pelos do peito, das pernas e dos braços, em contraste com o rosto muito maquiado e os cabelos compridos. Ao lado das fotos dos dois na *Folha de S.Paulo*, estava escrito *Os desesperados*. No *Correio do Povo*, de Porto Alegre, aparecia, sob as fotos dos suicidas, lado a lado: *O crítico e o homem-mulher*.

Ambas as tragédias, por sua peculiaridade, nunca foram esquecidas e, volta e meia, havia menções a elas. *Os desesperados* constou de um ensaio na revista *Piauí* como um espetáculo de realismo exacerbado, colado à vida e à morte. A ponto de seu autor, diretor e principal ator suicidar-se praticamente em cena, por não suportar o fracasso ou por achar que este era um destino adequado ao personagem, fazendo com que certo número de pessoas considerasse a peça um sucesso e uma realização plena do homem-mulher, imortalizado.

No entender do professor de teatro Francisco Rocha, o fato de Zezé passear a arma pelo rosto e enfiá-la na boca em todos os espetáculos já admitia essa hipótese de autodestruição do personagem e, consequentemente, do ator, transformando a morte num ato teatral. E no momento em que teria carregado a arma com projéteis de verdade, tal hipótese já crescera ao ponto de estar preparada uma espécie de roleta russa de cartas marcadas.

Às vésperas do fim da temporada, depois de refletir friamente, Zezé viu que era chegada a hora. Sem que isso implicasse numa depressão; ao contrário, ele se via transformando a peça num sucesso definitivo, apesar de todos os questionamentos possíveis. O fato de, um pouco antes de fecharem-se as cortinas, ter levantado sua saia com a ponta da arma para mostrar a calcinha com um membro viril sob ela manifestava, por sua vez, a assunção inquestionável e definitiva do homem-mulher.

ESTA OBRA FOI COMPOSTA PELO GRUPO DE CRIAÇÃO EM ELECTRA E
IMPRESSA PELA GEOGRÁFICA EM OFSETE SOBRE PAPEL PÓLEN SOFT
DA SUZANO PAPEL E CELULOSE PARA A EDITORA SCHWARCZ
EM AGOSTO DE 2014